TAMBIÉN DE JAIRO RAMÍREZ

Ficción-Realidad (2022)
Ser y Muerte (2023)

MLEJNAS

MLEJNAS

Jairo Ramírez

ISBN: 978-1-0369-1477-6

Edición por: Jairo Ramírez.

Portada por: Jean Carlos García.

Publicado en Inglaterra, Reino Unido.

A mi Madre,

Contenido

EL DESCUBRIMIENTO

La idea me envolvió el cerebro como un laberinto infinito que oscila de libro en libro y se pierde en las ramificaciones que nacen en las neuronas. Por un instante pensé que se trataba de una criptomnesia; pero luego de un tiempo, entendí que no existía ningún sesgo de la memoria, y que la idea había nacido de súbito, al comprender con emoción la magnitud de la historia.

Primero pensé en escribir un cuento, pero mientras más pensaba la historia, más se alargaba. La historia entonces tomó vida propia, y exigió ser contada a través de una novela.

Me decido entonces a escribir la novela, a sabiendas de que el reto es enorme y casi imposible. Pero el respeto que me merece tanto mi descubrimiento como el autor que dejó las pistas, son más que suficientes para embarcarnos en este viaje.

Toda gran historia requiere de una tensión, de un compromiso entre el escritor y el lector. El lector entiende que ha entrado en un mundo fantástico. El escritor sabe que ese mundo no sólo es fantástico, sino también real. Lo real muchas veces se escapa a los sentidos. Lo ficticio, surge de la conexión entre la imaginación y lo real; pero en ocasiones, distinguirlos se convierte en una tarea casi imposible.

Cuando el lector y el escritor descubren que los mundos son intercambiables en cualquier momento, la historia cobra un nivel de trascendencia que sobrepasa el arte de contar. Es entonces cuando el lector se convierte en el narrador de la historia, y el escritor, observa con cautela. Si el lector no se ha percatado de algún detalle, relee con más cuidado, que es también una forma de narrar, de renarrar los hechos.

El lector se reconoce a sí mismo en un mundo que le parecía extraño. Pero la extrañeza nunca ha sido un impedimento para aventurarse en lo fantástico, todo lo contrario, lo extraño sería que no sucediera así.

Yo no debo mi descubrimiento a la conjunción de un espejo y una enciclopedia; aunque si se piensa con detenimiento, ese cuento contiene multitudes como dice Whitman; por tanto, es una enciclopedia en sí.

Mi descubrimiento se lo debo a la genialidad de Borges. Borges, en *Tlön, Uqbar, Orbis Tertius*, menciona que la literatura de Uqbar no se refiere jamás a la realidad, sino a las dos regiones imaginarias de Mlejnas y de Tlön. Lo curioso es que Borges nunca vuelve a mencionar a Mlejnas, y sólo se dedica a explayar sobre Tlön.

Es más que seguro que Borges hizo esto a propósito, como parte de una pista que pudiera ser encontrada dentro de 100 años.

Entender a Borges supone entrar en aquel laberinto infinito que mencioné al comienzo de la historia. Supone oscilar de libro en libro, o perderse en las ramificaciones que se descubren mientras se leen sus ficciones.

Las siguientes páginas cuentan la historia de la región olvidada de forma intencional por Borges, y que ahora, luego de 100 años, la dispersa dinastía de solitarios cambió la faz del mundo. Las previsiones no erraron, alguien ha descubierto los 100 tomos de la Segunda Enciclopedia de Tlön.

"¿Puede juzgar quien no entiende lo que juzga?
¿Puede criticar quien no entiende lo que
critica?"

OXFORD

El año, como ha podido apreciar el lector atento, es el 2040. Oxford continúa siendo un pilar tanto educacional como cultural para Inglaterra y para el mundo.

Recuerdo que regresaba de una conferencia de Richard Dawkins titulada: *An Evening with Richard Dawkins*, que tomó lugar en el *New Theatre* de Oxford. Dawkins promocionaba su más reciente libro: *The Genetic Book of the Dead*. Durante la conferencia, el teatro se elevaba por momentos, y parecía que las paredes tenían vida propia.

Algo, y lo normal es llamarle algo, parecía tragarse la noche, y el tren que esperaba, mientras se aproximaba a la estación, salía de una especie de sabana, con esas ondas que provoca el calor del África. Lo interesante y a la vez contradictorio, era que estábamos en pleno mes de octubre.

Me subí al tren con una vaga incertidumbre. Debían ser las dos copas de vino que me tomé en el teatro, o un poco de sueño, o el esfuerzo neuronal que dediqué a la conferencia.

Sin ningún escándalo mayor, los demás pasajeros parecían flotar. Miré hacia el vagón de en frente, lo mismo; hacia al de atrás, por igual. Seguro es un sueño. Pero no, los pasajeros nadaban y flotaban como peces.

Bajé del tren, y a través de la ventanilla vi que cada vagón tenía un mundo individual que se apoderaba de los pasajeros sin que ellos pudieran percatarse.

Esa noche dormí poco. Escribí una o dos páginas de un ensayo sobre Poe, y luego revisé un cuento sobre la inteligencia artificial que ocupaba gran parte de mi atención en ese momento.

Los días siguientes fueron un tropezarme con un mundo fantástico. Las librerías tomaban forma de prisiones que alejaban a los lectores. Así se fueron apoderando del conocimiento, aquella dinastía de solitarios que han cambiado la faz del mundo. Pues ellos no son los salvadores del mundo, son más bien, los que han aniquilado la libertad de pensamiento crítico, y han asumido un control totalitario del mundo.

Por lo menos *Blackwells* mantiene cierto orden; pero para mi sorpresa, muchos de los libros fueron cambiados de lugar. El espacio donde me sentaba a leer, donde estaban los libros de filosofía, ahora está repleto de literatura basura, y en el centro, han colocado una vitrina resguardada, donde se miran 10 tomos con portadas negras.

Oxford cede, pero no era que anhelaba ceder, sino que fue obligada a ceder. En Oxford se inicia una cadena de sucesos que abarcarán todo el planeta. Los dispositivos dominarán a los humanos y les robarán lo que Sartre considera que es una condena para todos, la libertad. Pero Sartre también dice que la libertad está para perderla y luego recuperarla de nuevo. Esa libertad representa hoy un precio bien alto, porque al ser libres; también somos esclavos del entendimiento que supone esa libertad.

En el 2024 escribí un ensayo que intentó explicar cómo lo fantástico se ha apoderado de la realidad. El siguiente capítulo presenta este ensayo, como parte de lo que comenzó en 1940, prosiguió en 1947 y 2024, y que ahora, en el 2040, ha tomado vida propia.

EL ENSAYO

Tlön, Uqbar, Orbis Tertius

> *"Life is a pure flame,*
> *and we live by an invisible Sun within us."*
> —Sir Thomas Browne

Casi todas las cosas cobran sentido de acuerdo a la importancia que se les brinde; pero existen algunas, que su sentido es impuesto por su valor y por la realidad; o quizás por la ficción que contienen, o porque se imponen a la realidad de tal manera, que es imposible el no reconocer la magnitud que despliega su importancia. No es necesario mencionar, aunque vamos a mencionarlo, que, según la percepción de la realidad de cada uno, los hechos cobran mayor o menor sentido. No obstante, la obra en cuestión no pierde su valor porque muchos no la comprendan, o porque aquellos que la entiendan, no hayan penetrado lo suficiente, para captar, que más allá de sus páginas, de los párrafos perfectos, y del descubrimiento de Uqbar en una enciclopedia británica de 1902; yace una Trascendencia que permea cada letra.

La realidad en este magistral cuento borgiano se va distorsionando a tal punto, que Tlön se apodera por completo del mundo y vivimos ya no en el mundo como lo conocíamos, sino en Tlön.

La Trascendencia de este cuento nos lleva a una realidad palpable del siglo XXI. El mundo ha sido invadido por Tlön. Borges, para 1940, predice no sólo el surgimiento del internet, sino también el sedentarismo, el narcisismo, el materialismo, la falta de intelectualidad y el caos que abunda hoy día.

La sentencia: *"Copulation and mirrors are abominable"*, parece tener un peso enorme en estos días, pues la reproducción de seres que no llegan al mundo para mejorarle, sino para destruirle y destruirse entre sí, parece ser una realidad agobiante. Tenemos entonces que recurrir a Schopenhauer, y convertir aquel pesimismo que dicta que es mejor nunca haber nacido, en una realidad.

Borges construye una historia de carácter fantástico, donde sus epopeyas y sus leyendas no se refieren jamás a la realidad, sino a regiones imaginarias. Así nos percatamos de cómo lo fantástico ha trascendido la realidad. De cómo el mundo se ha convertido en seres ficticios que fingen ser reales por el mero hecho de que existen y que respiran; pero no se puede afirmar una realidad absoluta, si el Ser vive en un estado de lo vano y de lo superfluo.

Alfonso Reyes propone reconstruir los muchos y macizos tomos que faltan de Tlön, y dice que una generación de tlönistas puede bastar para esta tarea. Reyes no se equivocó, pues una generación de falsos tlönistas se han dedicado a convertir el mundo en un Tlön perverso. Este Tlön es sin duda, un impostor del Tlön borgiano, y como ya sospechamos, no ha sido creado por un infinito Leibniz que obra en la tiniebla y en la modestia.

En Borges, Tlön es creado por una sociedad secreta, nuestro Tlön, ha tomado forma de pandemia, y se ha propagado por todo el mundo, obrando de forma independiente dentro de cada persona; aunque, no podemos descartar, la casi segura posibilidad de una sociedad secreta que alimente este virus.

El idealismo que rige a Tlön, no es el idealismo que rige el Ser de este siglo. Hace unas letras me he referido al siglo XXI, pero ahora entendemos, el lector y yo, que incluso para el siglo XXXI, Tlön seguirá siendo una realidad palpable. Ese idealismo presente, corresponde a aquella sentencia de Hume y adapta connotaciones reales y de carácter neurológico.

Ese lunecer o lunar, se puede apreciar en la supresión del lenguaje actual. Se han cambiado palabras y oraciones completas por *Emojis*, lo cual reduce el vocabulario, y a su vez reduce la capacidad de pensamiento, lo que a su vez reduce la capacidad de pensamiento crítico. Así como no existe el razonamiento en Tlön, tampoco existe en este nuevo Tlön que perdura. Los pocos que razonan son aplastados por la mayoría que cree razonar. Aquí encontramos un verbo que dictamina el problema, que nos acerca a una verdad absoluta: *Creer*. Este verbo es causante no sólo de la creación de Tlön por una sociedad secreta, sino también de muchos asesinatos y religiones a través de la historia.

Creer sin una confirmación que compruebe dicha creencia es peligroso. Como aquellos metafísicos de Tlön que no buscan la verdad o la verosimilitud, sino el asombro. El asombro, como lo entienden los griegos, es siempre bienvenido, pero un asombro que sólo se alimenta de sí, y no busca entenderse, deparará en creer sin comprobar.

"Las cosas se duplican en Tlön; propenden asimismo a borrarse y a perder los detalles cuando los olvida la gente. Es clásico el ejemplo de un umbral que perduró mientras lo visitaba un mendigo y que se perdió de vista a su muerte".

Aquí notamos cómo se pierden las virtudes y todo aquello que es importante y que nos refiere a una Trascendencia mayor, si olvidamos ese umbral. Aunque la Muerte se apodere de la Existencia del Ser, debemos mantener vigente el umbral que ese Ser representa.

"Hacia 1944 un investigador del diario The American (de Nashville, Tennessee) exhumó en una biblioteca de Memphis los cuarenta volúmenes de la Primera Enciclopedia de Tlön. Hasta el día de hoy se discute si ese descubrimiento fue casual o si lo consintieron los directores del todavía nebuloso Orbis Tertius. Es verosímil lo segundo".

Esa discusión es válida, y aún más válido es que el consentimiento se haya producido por parte de los directores de Orbis Tertius. Aquellas pequeñas verdades que Foucault encuentra en los sistemas mundiales, son controladas por Orbis Tertius.

Seres inauténticos deciden el rumbo de lo real y lo imaginario. Pues lo que se pensaba que sólo podría ser parte de nuestra imaginación, hoy ha tomado un nivel de Trascendencia inauténtica, que se desborda por todos los cerebros de Tlön.

"Casi inmediatamente, la realidad cedió en más de un punto. Lo cierto es que anhelaba ceder. Hace diez años bastaba cualquier simetría con apariencia de orden -el materialismo dialéctico, el antisemitismo, el nazismo- para embelesar a los hombres. ¿Cómo no someterse a Tlön, a la minuciosa y vasta evidencia de un planeta ordenado? Inútil responder que la realidad también está ordenada. Quizá lo esté, pero de acuerdo a leyes divinas -traduzco: a leyes inhumanas- que no acabamos nunca de percibir. <u>Tlön será un laberinto, pero es un laberinto urdido por hombres, un laberinto destinado a que lo descifren los hombres</u>".

La realidad cede porque si no se entrena el cerebro para que pueda ser resiliente ante las trampas de Orbis Tertius, el Ser sucumbirá a las falacias y a Tlön. Borges no se equivocó, incluso aún sigue teniendo razón; pues hoy también basta con cualquier simetría con apariencia de orden para que los seres inauténticos se convenzan de creer en lo irreal. "¿Cómo no someterse a Tlön, a la minuciosa y vasta evidencia de un planeta ordenado?" Pregunta Borges; que sería lo mismo que sucede con el sometimiento que abunda: El entretenimiento, las redes sociales en general, el irrespeto, la falta de empatía por el otro… nos sometemos a las religiones (que fingen tener un orden), a los sistemas de gobiernos (que mienten sobre tener un orden) y a todo cuanto parezca brindar una "felicidad" inmediata.

Borges olvida, o recuerda dentro de la metaficción, que el cuento fue escrito, y para el mismo fin, Tlön, para ser descifrado por algunos lectores –muy pocos lectores–

"Bioy Casares había cenado conmigo esa noche y nos demoró una vasta polémica sobre la ejecución de una novela en primera persona, cuyo narrador omitiera o desfigurara los hechos e incurriera en diversas contradicciones, que permitieran a unos pocos lectores -a muy pocos lectores- la adivinación de una realidad atroz o banal".

Ese laberinto que es Tlön, y que ha sido urdido por hombres y que está destinado a que lo descifren los hombres, ha trascendido tanto hacia la Inautenticidad, que ese plural nos resulta una exageración. Pero aquella vasta polémica con Bioy sobre la ejecución de una novela en primera persona, cuyo narrador omitiera o desfigurara los hechos e incurriera en diversas contradicciones, se adhieren hoy a la ficción bien elaborada por Orbis Tertius.

"Una dispersa dinastía de solitarios ha cambiado la faz del mundo. Su tarea prosigue. Si nuestras previsiones no erran, de aquí a cien años alguien descubrirá los cien tomos de la Segunda Enciclopedia de Tlön."

"Entonces desaparecerán del planeta el inglés y el francés y el mero español. El mundo será Tlön. Yo no hago caso, yo sigo revisando en los quietos días del hotel de Adrogué una indecisa traducción quevediana (que no pienso dar a la imprenta) del Urn Burial de Browne."

Esa dispersa dinastía de solitarios, resurge como una predicción hegeliana que continúa la historia y la trasciende. Borges vuelve a adelantarse y deja un mensaje a sus precursores y postcursores: en cien años, alguien descubrirá los 100 tomos de la Segunda Enciclopedia de Tlön.

Borges continúa el final del cuento, y advierte que desaparecerán del planeta el inglés y el francés y el mero español; pues el mundo será Tlön. Es evidente que la Trascendencia de este cuento nos depara en lo que ya hemos mencionado y que el lector ha podido advertir a lo largo de este ensayo: el mundo es Tlön. Pero Borges no se inmutó en 1940, ni en 1947, tampoco lo hizo justo antes de morir en 1986; porque Borges, como aquellos y estos pocos lectores, que urden las ideas de un autor que se contradice y que reescribe, que omite y desfigura los hechos, entiende que Tlön puede ser trascendido, puede ser develado a aquellos que busquen despertar de la trampa que siempre prepara Orbis Tertius.

Ensayo: Tlön, Uqbar, Orbis Tertius
Fecha: 12 de agosto de 2024
Lugar: Oxford, U.K.

"La objetividad nace de una subjetividad que se ha trascendido a sí misma, libre del sesgo de confirmación, y amparada por una racionalidad que deviene del entendimiento."

THE PHILOSOPHER

Mi interés por la literatura siempre me ha llevado a explorar nuevas ideas y buscar nuevas formas de trascender el idioma. Debo ahora introducirme, pues ser un filósofo es más que un título que se pronuncia, o alguien que de inmediato se cree que puede resolverlo todo. La filosofía de por sí busca trascenderse a sí misma; pues las posturas van evolucionando a través del tiempo inexistente, para mejorarse o mejorar el sentido del mundo.

He entonces de unir mi conocimiento filosófico, con mi conocimiento literario, para llegar al fondo de lo que sucede. Hoy más que nunca, se dificulta encontrar el Ser auténtico que fue analizado en *Ser y Muerte*; ya que la Autenticidad como tal, requiere de una deconstrucción profunda del Ser.

Pocos son capaces de efectuar esa deconstrucción. Pocos se acercan a la Verdad, porque la Verdad se esconde tras mentiras fabricadas que imposibilitan el pensar.

La generación de falsos tlönistas se ha dedicado al control de los subconscientes. La idea de Alfonso Reyes sirvió para que dicha generación se propagara por el mundo y asumiera el control total de este. *Ex Ungue Leonem* se ha convertido en el lema de esta entidad.

Nietzsche nos advirtió del control que despliegan las principales entidades del mundo. Los gobiernos y las religiones mundiales, forman parte de este plan tan bien elaborado por los dirigentes de Mlejnas. Tanto nos han convencido, que incluso Leibniz decretó que este es el mejor de los mundos posibles, postura que Schopenhauer refuta de forma contundente.

El absurdismo, según Camus, debe ser trascendido, pero esa trascendencia toma forma de aceptación de lo absurdo, y no de una respuesta que nos pueda acercar a la Verdad sobre Mlejnas. Proseguir con la tarea de empujar la roca como Sísifo sí es parte de lidiar con el absurdismo, pero luego de esto, debemos llegar al fondo de otro absurdismo, que se esconde como una intrusión invisible que nos controla y nos mantiene atrapados y convencidos de que todo está bien.

Heidegger se acerca más al lenguaje y a la poesía en sus últimos días. Entiende que el Ser debe trascender tanto el lenguaje como el mundo existencial, para poder alcanzar un mayor nivel de entendimiento. Kant se nos une con la enseñanza de la unión de corrientes filosóficas; pues algunas corrientes se complementan entre sí. Esto nos puede ayudar a entender mejor, o a encontrar una respuesta para con aquellos pasajeros que flotan y nadan como peces.

Aristóteles se cuela con su definición de la nada. Donde nos enseña que la nada no es una nada, sino un todo, porque la nada es ese espacio donde se pueden colocar las masas.

Entonces, cuando nos acercamos al descubrimiento, entendemos que lo que se percibe como nada no es una nada, sino que es un algo que ha sido camuflajeado como una nada para que el Ser siempre lo perciba como nada. Ese es el trabajo que han logrado los mlejnistas. La trascendencia era inevitable. Tlön cedió, lo cierto es que anhelaba ceder.

Descartes introduce el idealismo con su *cogito ergo sum*. Pensar para existir. Entendemos que no, que el Ser existe incluso sin pensar; pero en estos tiempos, resulta difícil creer que el pensamiento no esté ligado a la existencia del PEMP.

Un Ser que no piensa, no puede catapultarse hacia la Autenticidad. Un Ser que está controlado como dice Foucault, que sigue a un *god that is not great*, como lo anuncia Hitchens, que no cuestiona su fe como Kierkegaard, que no se deconstruye a sí mismo como lo propone Sócrates, está destinado a perderse en la Inautenticidad y en Mlejnas.

La crisis de la narración que describe Han, se observa en cada *scrolling*, en cada clic, en cada foto y video, en cada información que nos aleja de la privacidad, en cada cámara que nos observa, en cada pedazo de *1984* y su *big brother*.

Una alegoría ya no de la caverna, sino de la civilización. Una voluntad de poder que se consume a sí misma. Una réplica del dios de Spinoza con náusea sartreana. No es el mejor mundo posible de Leibniz, es la mejor versión de Mlejnas; una versión que consume y destruye. Wittgenstein acierta con la limitación del lenguaje. Los mlejnistas lo han condicionado hasta el punto de la desnaturalización.

El leviatán destruye para destruirse, conquista para conquistarse. Ya no partimos de la teoría de Berkeley: *To be is to be perceived*, o de la postura kantiana donde el mundo empírico es una apariencia construida por nuestras mentes, o la teoría hegeliana la cual plantea que el mundo es entendido a través del *Geist*.

Mlejnas es una materia invisible gravitacional que succiona la Totalidad. Mlejnas *is the-thing-in-itself*. El idealismo trascendental se trascendió a sí mismo, y ha decidido continuar con esta tarea hacia una finitud infinita.

The Philosopher
Fecha: 16 de marzo de 2024
Lugar: Santo Domingo, R.D.

LA HABANA

No puedo sino pensar en aquel cuento que comencé a escribir en La Habana, y que nunca se concretó. Es un cuento sobre un personaje que ve el mar por primera vez en Varadero. Lo cierto es que, en una pequeña librería de la habana, a algunas cuadras del malecón, se encuentran 10 de los tomos de la Segunda enciclopedia de Tlön. El descubrimiento sucedió en el 2018, por un lector que frecuentaba la librería. Esto dio comienzo a una búsqueda incansable por los poderes mundiales, de los demás tomos.

Los 10 tomos permanecieron en Cuba hasta el 2020, hasta que fueron trasladados a Rusia. Se recordará sin esfuerzo, la conexión de estos dos países, y su historia durante y después de la guerra fría. Castro, quien no muere en el 2016 como se conoce de forma mundial, tomo la decisión en el 2020 de trasladar los tomos a Rusia por razones de seguridad.

Desde la aparición de esos primeros 10 tomos, Cuba y Latinoamérica empiezan una metamorfosis como la que sucedió en Oxford. El lenguaje se reducía cada vez más, los conceptos perdían sus significados dentro de los cerebros; el intelecto sólo era suficiente para efectuar trabajos diarios y que beneficiaran a los que tenían el control de los tomos.

El gobierno cubano logra el total control de sus habitantes luego de la revolución, pero el proyecto Mlejnas comienza luego de ser encontrados los 10 tomos.

Unos símbolos comenzaron a surgir en toda Latinoamérica. Los mlejnistas se cuestionan entre sí, pero no pueden dar con la fuente de estos símbolos, o quién los dejó fluir en el mundo real. Los símbolos, tomaban formas geométricas jamás antes vistas. Parecían ser una especie de idioma, o de combinaciones que alteraban la realidad una vez colocados en cierto orden.

En Rusia, la realidad toma forma de un sueño para algunos, y de una pesadilla para otros. En el primer año, la tasa de suicidio subió de una forma astronómica, lo mismo sucedió en los demás países de Europa del este. Los mlejnistas informaron que se trataba de una fuerte depresión en los ciudadanos, luego de la pandemia del COVID-19.

Los mlejnistas entienden, que pronto el mundo contará con los demás tomos, y predicen que así podrán balancear las regiones afectadas. Tlön cede, en 100 años cambian muchas cosas, y lo que se esperaba que fuese una Segunda Enciclopedia de Tlön, es más bien, La Enciclopedia de Mlejnas.

"Los acontecimientos actuales prueban con vehemencia, que la fama y el dinero nunca han sido un determinante fiel de grandeza y calidad."

EL CUENTO

Behaviorismo Cognitivo

Aún resuenan las páginas quemadas en el tímpano del olfato. Los estruendos de la guerra aniquilan el pasado y consumen cada letra, cada palabra, cada oración de libertad. En los parques ya no se respira oxígeno, sino mentiras fabricadas que almohadan el pensar y alimentan la dopamina.

Éramos un sueño con ansias de despertar, de madrugar la pesadilla y arraigarnos a la trascendencia de algún vuelo de alas inocentes. Yo aún lo recuerdo porque fingí el ser controlado y manipulado. Porque la memoria, si se estudia como el decurso histórico, nos depara en el descubrimiento de una verdad no postmoderna, sino postapocalíptica.

Se percataron de que no podían condicionar las informaciones, de que el propio lenguaje brindaba salidas a los macabros planes que tenían. Entonces, recurrieron al condicionamiento del cerebro, que resultó ser incluso más fácil de lo que pensaban.

Se brinda una libertad ficticia que proporciona tranquilidad y un sentido de felicidad condicionada. Se establecen parámetros que guían las neuronas a conexiones sinápticas que deparan al sujeto en una parada de un tren que nunca abre sus puertas, porque el objetivo es no bajarse en ninguna parada que pueda despertar al sujeto.

Esas paradas proporcionan una independencia del condicionamiento. Por momentos, todos hemos sentido ese despertar, esa confusión entre lo real y lo ficticio. Lo difícil es establecer, dónde comienza uno y dónde termina el otro. Bajar del tren significa darse la oportunidad de ver la realidad tal cual es, y no como nos la han condicionado. Posibilidad posible que posibilita las posibilidades que yacen en la pensable imposibilidad de lo posible.

Al indagar en mis memorias, y al bajarme en una parada cualquiera del *tube* londinense, me encontré con el estudio de John B. Watson de 1920, sobre el cruel condicionamiento de un niño de 9 meses; a esto se añade las palomas de B. F. Skinner y los perros de Pavlov; que nos deparan en la imitación de nuestros semejantes de Albert Bandura. Luego encontré en Piaget, cómo se desarrollan los procesos cognitivos. Estos procesos cognitivos pasan por esquemas de *asimilación, desequilibrio, acomodación* y *equilibrio*. Luego de todo esto, llega sin esfuerzo el parcial control y el condicionamiento de los pensamientos a través del lenguaje. Herramienta que ha sido manipulada por milenios, y que puede alterar no sólo el comportamiento del individuo, sino también, su capacidad de reaccionar y de revolucionarse ante los que buscan el control total de sus emociones.

El deseo de una aceptación social, conduce al sujeto a entregarse al mundo condicionado. La mayoría devora el subconsciente de la minoría que busca librarse del condicionamiento. Yo pronto moriré, y pasaré a formar parte del cementerio de los despiertos, de los pocos seres que han podido trascender no sólo su época, sino también las pasadas y las venideras.

El martillo de Maslow genera la pregunta de la cantidad de información que posee el sujeto a la hora de resolver problemas; pero también genera la posibilidad de utilizar esta técnica para suprimir datos. Es evidente que pensar en el verbo "pensar", sería imposible si no tuviéramos ese término ya registrado de forma previa en el cerebro.

La jerarquía de necesidades de Maslow, no proporciona una visión universal de las necesidades de los sujetos. Es un intento de esquematizar algo que es imposible esquematizar: La Totalidad del Ser. Pero esta jerarquía de necesidades, se utiliza para dominar y controlar; tal como se utilizan las ficciones religiosas.

El condicionamiento del cerebro llegó por vía de la neurociencia. Hace poco, se creó una droga con la capacidad de acceder a las principales áreas del cerebro, y de asumir control de ellas como un virus informático. Las decisiones y la creatividad fueron alteradas desde el lóbulo frontal, el lenguaje, la memoria y el entendimiento desde el lóbulo temporal, la interpretación del mundo desde el lóbulo parietal, y las informaciones procesadas a través de nuestros ojos desde el lóbulo occipital. Este control cerebral, combinado con un flujo de informaciones específicas, impiden que el sujeto entienda lo que en realidad sucede a su alrededor. Por eso tenemos acceso a todos los libros. ¿Pero de qué vale tener acceso a los libros, si el cerebro ya está condicionado para sólo actuar dentro de los parámetros de los que ejercen el control del mundo?

Con ayuda de imágenes cerebrales, algunas teorías freudianas del subconsciente, pueden ser probadas y puesta en funcionamiento a favor del condicionamiento. También se han implantado dependencias cognitivas a través del inconsciente colectivo de Jung. Esto nos depara en un determinismo biológico inducido; pues la creación ficticia de memorias y de informaciones manipuladas, nos llevan al completo control de las acciones del sujeto.

A través del neurotransmisor *dopamina*, se logra que los sujetos se mantengan en busca de esta droga invisible que les altera el comportamiento. La droga es suministrada a través de varios alimentos. Todo alimento que contenga azúcares artificiales, es la principal fuente de suministro de este virus de adoctrinamiento. También se manipulan las carnes, las bebidas energizantes, y casi todo alimento que se obtiene en los supermercados. En algunos países, ya han encontrado la forma de suministrar esta droga a través del agua potable.

Aquella alusión poética con la que he iniciado mi historia, ahora son quemadas desde las conexiones neuronales. Pero esa misma evocación poética nos depara en una salida inesperada, nos depara en la grandeza del cerebro para formar nuevas conexiones y encontrar una salida del laberinto macabro que nos han forzado a recorrer por tanto tiempo.

Dentro del laberinto existen aquellas paradas del tren que nos pueden deparar en un entendimiento psicológico y cognitivo del funcionamiento de nuestro órgano más importante. Así, luego del entendimiento, puede surgir la poesía que nos conduzca hacia una libertad ya no condicionada.

Los estruendos de la guerra, ahora una guerra neuronal, pueden ser combatidos desde su propio origen, desde su propia sinapsis. El oxígeno ya no será mentiras fabricadas que almohadan el pensar y alimentan la dopamina; aquel sueño con ansias de despertar, de madrugar la pesadilla, nos devolverá al vuelo de alas inocentes que reclaman la erradicación del control fabricado.

Porque la memoria, si se estudia como el decurso histórico, nos depara en el descubrimiento de una verdad no postmoderna, sino postapocalíptica. Tal vez no tendremos la memoria de Funes, pero sí tendremos la memoria suficiente para recordarnos libres, para bajar del tren londinense y encontrar en ese mapa de conexiones neuronales, la respuesta que tanto hemos buscado.

P. D.:

Ahora que ya estoy muerto, que mi historia es parte de un pasado cercano y lejano, se entiende mejor lo de la trascendencia de las épocas. El final esperanzador surgió de la necesidad de encontrar una salida, no de la certeza de que pudiera ser encontrada. Es un llamado a la memoria, a lo que una vez fuimos. Desde el cementerio de los despiertos puedo ver la tragedia aún más resiliente, más cancerosa. Las mentiras seguirán siendo fabricadas. Las neuronas son infectadas por un virus que destruye toda posibilidad de despertar. Las páginas quemadas aún resuenan, y los estruendos de una guerra neuronal aniquilan cada oración de libertad, cada libro capaz de transgredir el tiempo y declinar el multiverso en verbos que renacen el pensar al verbificar, que destruyen células infectadas, que construyen y deconstruyen nuevos senderos neuronales.

Cuento: Behaviorismo Cognitivo
Fecha: 29 de diciembre de 2025.
Lugar: Oxford, U.K.

"Entiendo que la Totalidad implica un conocimiento que nos trasciende. Pero si todo hacer supone una forma, y toda forma nos sugiere un procedimiento que metamorfa; podemos atisbar el conocimiento que conoce la Totalidad. Esa epistemología de la Totalidad, nos depara en una simple, pero profunda afirmación: todo responde a una forma universal correcta e incorrecta; las opiniones entonces, son intentos fugaces de alimentar el ego."

EL LITERATO

Una técnica que piense el pensamiento de *The Waves* y *Ulysses* with the unreliability of *The Sound and the Fury*, mezclado con unos acordes dantescos en la madrugada de un jueves imperfecto y superfluo. La clave es siempre proseguir a pesar de los desalientos, a pesar del mundo ficticio que le quieren imponer a Don Quixote.

Mi yo se ha perdido en palabras, historias y libros. Vivir fuera del mundo literario se me hace pesado, frustrante. La realidad es el mundo literario, no la prefabricación que abunda en el mundo. Por eso trabajo en una biblioteca, porque sólo quiero escuchar preguntas y respuestas literarias.

Siempre camino con rapidez para que no me interrumpa la mentira. Me urge llegar a los libros, estar rodeado de ellos. Me conforta que antes de llegar a la librería, tengo que pasar por otra librería; entonces recobro una fuerza impresionante, soy Aquiles, soy la fuerza del amor que se suicida, un amor que prosigue luego del cólera y la paz y la guerra y el mar; ¡oh el mar! Cosmogonía terrenal de infinita vastedad.

Como era de esperarse, vivo sólo. Aunque amo, no puedo compartir ese amor de una forma tan habitual y social. Mis conversaciones me trascienden, no puedo acceder a la monotonía de fingir que hablo con alguien cuando en realidad no existe tal conversación. La única conversación existente es la del mundo literario.

La filosofía la tolero por momentos, prefiero la literatura. Es mucho más centrada en no invocar el ego del autor. La filosofía construye un mundo que luego será devorado por los que rigen las leyes.

La poesía me libera de toda falsedad de lo inmediato. Esta inmediatez me hostiga, me consume cada vez que me exponen a ella. La TV es un caso perdido. Por un libro me enteré que existe algo tan atroz como las películas. Las películas son para seres que carecen de imaginación, que han perdido el contacto con su propio Ser. Una imagen debe y tiene que ser imaginada, nunca mostrada. La pintura es también una aberración. No se puede pintar la realidad, sólo se puede imaginar la realidad a través de símbolos que buscan despertar el pensar, alimentar el pensar. Leer es pensar, es entender y tratar de entender.

Es oler el perfume de Jean-baptiste, envolverme en la sangre de Drácula bajo el hechizo de un *Brave new world*, recorrer el infierno y volver al paraíso mientras mato a algún ruiseñor. ¡Vaya destino el de los negros! También Huckleberry me entiende, cuando el viejo se enfrenta al mar. ¿Cuál viejo? Todos, todos los viejos, todos somos ese viejo que lucha contra la corriente y contra el sistema.

La literatura ofrece libertad. Ven, entra, vuelve, renace, acontece, supera, carga, interpreta… no es más que el oxígeno impuesto. En el aire se respira lo kafkiano; esa impredecible e interminable amenaza que nos consume poco a poco. En Comala yacen los restos de nuestros sueños, ¿quién nos salva de la auto-prisión eterna?

Debemos cuidarnos de la literatura basura. Hoy más que nunca abundan los libros que no se merecen ser leídos. Libros que no aportan al Ser y le brindan al lector la posibilidad de una trascendencia mayor; por lo menos una trascendencia que pueda percatarse de la realidad, para no vivir sumergidos en un pantano de ignorancia e inmediatez. También existen temas que son buenos y escritores que saben dar informaciones relevantes, pero que no son buenos escritores. Escribir no es sólo comunicar una noticia, es comunicar la noticia con todo lo que el arte de la escritura misma exige, es erradicar la crisis de la narración.

Vivo en un mundo donde una Rayuela juega a saltar sus capítulos, una metamorfosis se adueña de la realidad; entonces ya es la realidad, soy un mar viejo que resucita en un pez, un cólera que se apresura al amor, alguien que cuenta 1001 historias y sobrevive a la muerte, un fantasma con urgencia de venganza en Dinamarca, el castigo de un crimen premeditado, ladrón de libros, un Sherlock que le debe todo a C. Auguste Dupin, un *Brave New World* y *1984* que le deben todo a *We*, un retrato que envejece, un ruiseñor que no canta, un guerrero griego, estoy en el infierno una temporada y anhelo llegar a un paraíso italiano, soy un guardián que salva niños, las llamas de un llano y el Páramo de Pedro, yo invento a Morel mientras juego una partida de ajedrez, por momentos soy la paz y en otros la guerra, soy la verdad, soy la mentira, soy dos ciudades, soy todas, soy un retrato que envejece mientras su original se hace eterno, soy William y Wilson, soy Valdemar, soy el vino que habla con el corazón y el gato negro de la venganza, nací en 1809

en Boston, Massachussets, mi entierro prematuro no
impidió mi inmortalidad.

EL POEMA

Einstein's Pineapple

Invisible fuerza que te impide,
Normal incentivo sin sentido,
Negación del intelecto,
Estrategia estratega.

Un canto sin moraleja,
Avanza entre las cosquillas,
De un orgasmo de rutina,
De un sentir sin sentimiento,
De la maleza y el rey,
De los testigos ocultos,
De los mendigos caducados.

Pretensión de hacer,
Camuflaje incendiario,
Cosmogonías del pasado,
Azúcares del hoy,
Que de dopamina en dopamina,
Carcomen el Ser.

Una realidad ficticia,
Una ficción real,
Un umbral de intrusiones,
De enigmas,
Se adueñan del universo.
Sin entender se entiende,
Sin buscar se busca.
Tlön cede y con él,
El universo.

El Apocalipsis erra,
Las predicciones se escapan,
A plumas inhóspitas.

¿Quién advierte ahora?
¿Quién se escapa?

Los libros arden,
En las hogueras subconscientes,
De una decisión consciente,
Inducida por un poder,
Que trasciende al portador.

No son fuerzas que se atraen,
Es una curvatura comprimida,
De espacio-Mlejnas,
El universo hacia sí mismo,
Tiende a persistir en su propio ser.
La atracción insiste,
La gravedad declina.
El multiverso cede,
Un núcleo cuántico le invade.

Sin saberlo quiere ser,
La destrucción de su ser,
La voluntad de poder,
La prohibición de renacer,
Sin reencarnación que ofrecer,
Con elogios convencer,
Ficciones al anochecer,
Totalidad enmudecer.

Poema: Einstein's Pineapple
Fecha: 08/15/2140
Lugar: La Nada

NEW YORK

New York es una ciudad que atrapa al sujeto, que lo envuelve en un mundo fantástico. Es un estar sumergidos en una prefabricación constante, como una manada de vacas que se apresuran al río. En esta ciudad tan emblemática y caótica, nos encontramos con 20 tomos más de la Enciclopedia de Mlejnas. Los 20 tomos se encuentran resguardados en St. Patrick's Cathedral.

Ese behaviorismo cognitivo creado por los mlejnistas, es utilizado para controlar a los sujetos. El subconsciente del sujeto es atacado por ideas ficticias que forjan el diario vivir de los habitantes.

New York fue la primera ciudad que aprobó la *Operación Lectura*. Esta operación eliminó todas las bibliotecas y librerías de New York, y las convirtió en iglesias, monasterios, sinagogas, mezquitas, museos de celebridades, cines, discotecas, bares, edificios gubernamentales...

El éxito que tuvo la *Operación Lectura*, insidió en que los demás estados adaptaran la operación. En el tren neoyorquino está prohibido cargar libros, se penaliza hasta con 10 años de prisión sin derecho a fianza. Se miran carteles que prohíben la lectura. La mayoría de los carteles tienen una foto de *Ulysses, The Trial* o *Notes From the Underground,* seguido del signo de prohibición que solían tener los carteles de cigarrillos y los *vapes.*

Los mlejnistas de NY asumen el control de todo el continente americano, mientras que los de Oxford, en conjunto con los de Rusia, controlan todo el continente europeo. Es evidente que se mantienen en comunicación constante, y que las intenciones son claras.

New York sirve como cede de las principales reuniones de los mlejnistas. La única potencia que no cede, es Japón. Japón aún insiste en no mezclarse con ninguna otra raza, ciudad o país. La sangre samurái que corre por sus venas, no les permite la reconciliación con los ingleses, y para ellos, los americanos también son ingleses. Los demás países, ni siquiera existen para ellos.

Japón cuenta con un gran número de tomos; incluso aseguran, que mucho antes de Tlön, ellos ya contaban con los primeros tomos originales de Mlejnas. Cuenta una de sus historias, que Japón fue el único lugar del mundo que no cedió a Tlön. Según los japoneses, Japón cuenta con los primeros tomos originales de Mlejnas, descubiertos en 1615, por Tokugawa Hidetada (徳川 秀忠, 2 de mayo de 1579 – 14 de marzo de 1632) el segundo Shōgun de la dinastía Tokugawa.

En 1924, uno de los mlejnistas intentó revelarse contra el sistema. Para ese entonces, ya existía una tecnología secreta que permitía el espionaje de los miembros, y pronto dieron con el traidor. El traidor fue encarcelado, torturado y luego asesinado en Central Park.

Un monumento fue erigido en su nombre en el mismo lugar de su asesinato. Los mlejnistas entendían el verdadero significado de ese monumento, y cada año, se reunían en Central Park para celebrar el *Día de la verdad*. Los demás ciudadanos y visitantes, ajenos a la verdad, continuaban sus vidas controladas como siempre.

New York cede a las exigencias de Mlejnas. Los 20 tomos aseguran los siguientes 100 años. Pero cada año, aparecen más símbolos por todo el continente americano. Mlejnas, parece escaparse de las manos de los mlejnistas.

EL LECTOR

El lector entiende el compromiso con su lectura. Es un observador inquieto que actúa, que investiga, que descubre, y evoluciona en la medida en que la novela avanza. Leer siempre ha sido un universo de posibilidades infinitas que se van trascendiendo cuando el lector las descubre. El lector, es un ápice, un leñador que colecta cada madero con sutileza y firmeza; para luego crear un fuego que le salve de la muerte.

El lector comprende que la historia no le abandona nunca, que, aunque el libro esté cerrado, las voces de los personajes, de los pasajes, de los momentos, enfrentamientos, de las verdades, van siempre con él a todos lados.

La historia toma forma de cómplice. Entonces el lector se anima a escuchar y a obrar para con el despertar de la pesadilla. Es cuando releer el capítulo VI se vuelve una necesidad, al comprender que bajarse del tren supone mucho más que un acto revolucionario. Releer es volver a pensar, volver a entender, volver a vivir, y en muchas ocasiones, renacer por primera vez. Así lo confirma *Einstein's Pineapple*.

En la segunda relectura el lector entiende que el mundo donde se mueve, es más grande y más complejo que su percepción de la primera lectura. Un país, no sólo representa un país, sino todos los países. Una ocupación representa todas las ocupaciones. Un verbo es todos los verbos.

El lector atento descubre por casualidad, que para 1931, Tlön ya pertenecía al idealismo de Berkeley. En el ensayo *La Postulación de la Realidad*, Borges incluye una parte que ya había utilizado en *Tlön, Uqbar, Orbis Tertius*: "Hume notó para siempre que los argumentos de Berkeley no admiten la menor réplica y no producen la menor convicción". El anacronismo aquí no confunde las épocas, sino que las converge a la Totalidad de Mlejnas. Porque si bien el lector se entera de la nota de Hume en el 2021, y vuelve a ella en el 2024; Borges la escribe en 1931, la repite en 1940, la reafirma en la posdata de 1947, se traduce al inglés en 1961; lo que nos dice que la posdata en el idioma inglés toma lugar en 1968, reaparece en el 2040 con la aparición de los 100 tomos de Mlejnas, que a su vez 30 de ellos fueron encontrados en 1615 por Tokugawa Hidetada en el Castillo de Osaka, misma fecha en que un pirata español desembarca en Japón con una copia de la segunda parte del Quixote; todo esto significa que no existe anacronismo en cuanto al significado que se le atribuye a este término.

Entender que el idioma representa más que sólo símbolos que se leen, se pronuncian, se piensan y se balbucean, le permite a lector descifrar algo que va mucho más allá de la simple lectura, del simple recibimiento pasivo de información.

Analizar se presenta como parte fundamental de esta novela. No sólo para entender, sino para sentir y ser parte de la metamorfosis. Porque cuando se cierra un buen libro, si se ha leído con convicción, uno se percata de que esa acción es una que reverbera de forma constante hacia el infinito.

El lector puede elegir el orden en que desea leer los capítulos, o el orden en el que piensa que los capítulos deben ser leídos. Luego de elegido dicho orden, el lector notará que los capítulos intercambiarán sus lugares de forma automática, para reflejar el nuevo orden que se les ha dado. En caso de que el lector no pueda ver este cambio, confío en que atribuirá dicha anomalía a Mlejnas, y no al autor.

'One has a biological age; but one also has an emotional, physical, psychological and intellectual age. Some of these ages can grow backwards, they can reach a point of no growth, or they can also continue to grow until death. Now, that is the question that one must answer to oneself.'

EL ARTISTA MARCIAL

La disciplina implica una eterna capacidad de resiliencia; pero también, una tolerancia al dolor, a la serenidad, a la paciencia y a muchas otras virtudes. Tolerancia es un término filosófico que tiene sus raíces no en su etimología o en sus declinaciones latinas, sino en el Ser. Pues mucho antes de las declinaciones, antes de la palabra, existió el Ser.

El artista marcial trabaja con su Ser, lo entrena, lo fortalece. Un gran artista marcial es aquel que ha trascendido su propio Ser. La Trascendencia es vital, si es que hemos de vencer a Mlejnas, por lo menos de una forma simbólica.

El puño recorre su distancia, la patada le secunda; el tiempo y el espacio se acortan, se contraen, dejan entonces, una curvatura con mayor fuerza de gravedad que un agujero negro. En un instante, el artista marcial utiliza su cuerpo como una Totalidad. Vence, con valentía, la superfluidad del universo.

La historia del guerrero solitario que busca aventuras para pulir sus habilidades no es suficiente. Se necesita embarcar en un viaje interior, y combatir con el yo, con la apariencia del otro, con las dudas del Ser.

El artista entiende sus limitaciones, pero le falta entender la grandeza de su obra. Pues más allá del deseo de superación, se encuentra el entendimiento de haber trascendido lo propuesto. Este entendimiento, muchas veces llega luego que el artista abandona la existencia.

Pero aquel vencer no se traduce en ganar la guerra. El multiverso demuestra que puede acabar con el artista, sin importar el balance y la disciplina que este demuestre. El artista marcial entonces entiende a través de sus meditaciones que una fuerza invisible contrae el mundo. Siente las paredes del mundo acercarse, los océanos reducirse, las nubes cada vez más cerca del suelo.

Entender es un ejercicio practicado por pocos. El artista entiende su destino, lo que se aproxima. La experiencia de más de 40 años en el mundo de las artes marciales, le han otorgado la paciencia y el entendimiento suficiente para sentir y percibir cualquier cambio en la naturaleza.

Así como el artista descubre el secreto del arte del combate, de la misma forma descubre los símbolos que se forman en la naturaleza sin aviso previo. El artista, consciente del límite de su razonamiento, busca entender al menos si estos símbolos representan un bien o una decadencia. Luego de un año continuo de meditación, el artista concluye que el balance del mundo está en peligro.

THE ENGLISH TEACHER

I've always recommended to start learning the verbs first. One must know the present, past and participle of the regular and irregular verbs, in order to have a good grasp of the language. After this, one can concentrate on learning the pronouns, adjectives, substantives and the basic vocabulary. But one of the most meaningful discoveries, is learning the 12 tenses that are used in the English language (people only use 3 sometimes); because anything that anyone says in the English language, will be in one of these 12 tenses. 4 in the present, 4 in the past, 4 in the future; affirmative, negative, interrogative or imperative sentences. One only need to choose one sentence in the simple present tense, and then write the same sentence on the other 11 tenses with its respective types of sentences. Here, try doing it with the following sentence: <u>She writes well</u>.

Oxford, after reading my essay *Transcending Language*, fired me without any explanation. This essay explains the relationship between several languages, and finds the middle grounds where the words take on a life of their own. Something so simple like being able to say: *I did did it! She didn't wrote it, more no say, a from the back to the front,* was deemed illogical and dangerous.

I do not resent the word "illogical". I do however find very upsetting, when they refer to my essay as "dangerous". This word is the reason why they fired me.

A danger to whom? To my students? It is obvious that the academy is protecting something, is hiding something inside the English language itself. Some of my colleagues warned me about digging in too deep; but my respect for languages and the transcendence which they can achieve, is stronger than any cabal pulling the strings of history.

There seems to be a type of agenda to control people's ability to reason, to think for themselves, and to allow language to express itself. The malleability of the brain, can help us understand the world better. I guess Oxford only wants us to be in the world, but not to understand it.

When you have the past perfect progressive tense, of the sentence I gave you in the first paragraph, you understand what they have done to me. That's what I was doing, and now, they try to tell me that my writing is dangerous. All good things take time, but the great ones, they take even more time. You can't rush greatness. I've been deconstructing the English language for more than 30 years. I even created a proper way to know how to be able to pronounce a word that one finds for the first time.

They will not shut me up. I will continue to denounce this injustice to the English language and to the world. They are random, but sometimes I see symbols floating around; they seem to connect like a puzzle which I cannot figure out. Even if it takes me 20 years, I will figure it out; and then, they will have to hear me, they will have to accept my discovery.

61

"I Had to Forget About Everything and Everyone, in Order to Find Myself."

JAPÓN

En 1615, Tokugawa Hidetada ordena a sus samuráis la protección de los 30 tomos de Mlejnas, que fueron encontrados en el castillo de Osaka. Los 30 tomos fueron encomendados a daimios de suma confianza por Tokugawa, y enviados a sus respectivos territorios. Cada año, Tokugawa reúne los tomos en el castillo de Osaka, para mantener un balance y para asegurarse de la lealtad de sus daimios. Entendemos ahora, que la parte del balance era más importante que la lealtad.

Japón nunca cedió a Tlön, esto se debió a los 30 tomos de Mlejnas. Mlejnas, como ya sabemos, existió primero que Tlön, lo que nos sugiere que existe un control y un balance mayor en Mlejnas que en Tlön. La literatura de Tlön es de carácter fantástico, la literatura de Mlejnas, toma una forma fantástica que es indisociable a la realidad, es la realidad misma dentro de una fantasía construida por las fuerzas gravitacionales de Mlejnas.

La extraña fuerza gravitacional que protege a Japón, supera la del mundo fantástico de Tlön. No es un sistema donde las palabras *lunecer* o *lunar* cobran un significado; es la creación de nuevas palabras al instante en que el cerebro las necesita. Pero para esto, el individuo debe leer el vigésimo tomo de la enciclopedia de Mlejnas. Este tomo siempre viaja con Tokugawa.

El vigésimo tomo es considerado el más importante, porque ofrece una variedad de conocimientos que sobrepasan el entendimiento humano. Contiene la cura para todas las enfermedades mortales, explicación del universo, el contenido de todos los demás planetas, una sección breve sobre el arte de la telepatía, y la clave de la inmortalidad. Tokugawa lee este tomo de forma incesante, y tiene un equipo de escribas trabajando 24 horas continuas. La división de esta tarea no es difícil. 3 equipos de 6 escribas cada uno, pueden trabajar 4 horas por escribas en un período de 24 horas. Con un cuarto equipo en *standby*, para suplantar a aquellos que se enfermen o que estén agotados. Nadie perturba a estos literatos de Mlejnas, su sola tarea es encontrar la clave de la inmortalidad para Tokugawa.

Los mlejnistas de Japón no buscan el control del mundo, sólo buscan el control de Japón. Pero Mlejnas no obedece a ningún hombre por mucho tiempo. Mlejnas, a través de símbolos que se cuelan de los tomos, y a través de los cerebros infectados de los escribas y de los daimios; ha logrado filtrarse en el resto del continente asiático.

EL PROFESOR DE ESPAÑOL

Me urge entender la despiadada negligencia para con el lenguaje. ¡Malagradecidos! Quien no respeta lo que le ayuda a comunicarse y a ser parte del mundo, no debería estar vivo. Unas tildes mal colocadas, unas separaciones silábicas rancias, amargas como naranjas del patio.

Agudas sin graves con temor a esdrújulas, verbos conjugados en la ignorancia de adverbios sin tiempo, adjetivos innecesarios, que no proponen ni expresan lo real.

La realidad es un separar diptongos y concatenar hiatos, es una violación a la diéresis que proclama el triptongo. La Sinalefa hoy se pierde, porque la unión significa la posibilidad de despertar.

Confusión de agudas con tónica en la penúltima, saturación de graves que insisten en la última, y esdrújulas y sobresdrújulas que pierden por completo su tilde obligatoria. Cuando el límite sea lo que limite porque yo le limité; cuando el cálculo que calculo sea contrario al que calculó, y el capítulo que capitulo no se entere que alguien lo capituló; entonces, cada palabra nacerá tritónica, tetratónica y politónica. Las átonas desaparecerán y con ellas, la posibilidad de un golpe menor de voz. La tónica reinará en cada sílaba, el lenguaje podrá alcanzar así, su Trascendencia.

Surge entonces la unificación de las monosílabas, bisílabas, trisílabas, tetrasílabas y polisílabas. Cada palabra será una sola unión vocal. He visto símbolos apoderarse del lenguaje, lo unifican como un diptongo inamovible. Primero los encontré en los libros nuevos, pero luego de un año, comenzaron a aparecer en libros antiguos y ya impresos. El lenguaje, por fin se defiende de los que le menosprecian.

¿Qué pasará cuando ya no podamos pronunciar nuestras palabras? El mundo, mudo y solitario, morirá en un instante; se tragarán sus propias lenguas aquellos que intenten pronunciar lo que alguna vez les fue otorgado sin esfuerzo. El regalo sagrado se marchará hacia la nada.

El subjuntivo se apodera del indicativo, y el imperativo, pese a sus mandatos colonizadores, también cede a las afirmaciones hipotéticas. No vale pretérito pluscuamperfecto, ni pretérito anterior en desuso con la primera persona del plural, que nos salve de nuestra ignorancia.

Nos tildarán sin remordimiento, con comas sin puntos y un punto final eterno. Los dos puntos serán un vago sueño que existió en el inexistente pasado simple, y los puntos suspensivos erradicarán toda memoria, toda posibilidad de renacer. Nos separan guiones y rayas, paréntesis intrusos, comillas fabricadas que controlan nuestros pensamientos. La interrogación es un signo que no logramos admirar; porque no es una angustia que avance el pensamiento, es más bien, neuronas comprimidas en una prisión de corchetes.

Se imposibilita una morfología que trascienda lo superfluo. Somos esclavos de una sintaxis con cacofonía universal. Gentilicio de la nada, separación silábica de una sola sílaba. Seremos el recuerdo de vocales débiles que sucumbieron ante la ausencia de la realidad; ni las fuertes nos amparan como alguna vez lo hizo el pensamiento crítico.

El acento ortográfico arremete contra el prosódico y lo condena a fundirse con el diacrítico. Reinará la tilde y el macron en todas las vocales. Él ídíómá cómíēnzā ún éstádō dē cómprésíón q̲ú̲ḗ párté dé lōs vērbōs ý sūs cónjúgációnés; lōs prōnōmbrēs sē rēdúcēn á únó, lās cánciónés dēsápárēcēn, tōdō sē rēdúcé ā ūn cóntéxtó súpérfícíál. Áquéllā dēspíādādā nēglígénciā pārā cōn ēl léngúájé, āhōrā ēs lā cáúsá dē núēstrá Mūērtē.

EL QUIXOTE

La segunda parte de *El Quixote* se publica en 1615, Cervantes muere el siguiente año. Cervantes, quien entendió y tradujo la condición humana de manera excepcional, sabía que *El Quixote* no era sólo un libro; sino un catalizador que permitió el descubrimiento de los primeros 30 tomos de Mlejnas.

En *El Quixote*, la cordura significa una locura que se adhiere a los que ejercen el control mundial. La "locura" de Don Quixote, forma parte de lo que Foucault llama *la sociedad disciplinaria*. Si el individuo (y siempre se busca eliminar al individuo. Ya lo dice el epitafio de Kierkegaard: "Ese individuo") logra despertar de la pesadilla impuesta, de inmediato se le tacha de loco. Porque un loco, es alguien que es repudiado tanto por la sociedad, como por los gobernantes.

Una copia de *El Quixote* desembarca en Japón en 1615. Lo ha traído a suelo asiático, uno de los piratas más sanguinarios de todos los tiempos, Cabeza de Perro. Según su biografía, Cabeza de Perro nace en el 1800; pero según un registro encontrado en La Habana, donde vivía en un palacio que se camuflaba como una tienda de dulces, su nacimiento se produce en el año 1580. La fecha de su muerte se desconoce; a pesar de los rumores de que lo ejecutan al regresar a Tenerife.

Cabeza de Perro le regala *El Quixote* a Tokugawa, como muestra de su alianza y su deseo de hacer negocios con él. Tokugawa ordena la traducción de *El Quixote* al japonés de inmediato. Hombre supersticioso, no adosa a su biblioteca un libro cuyo contenido desconoce. Como ya sabemos, Cabeza de Perro tiene que salir a escondidas de Japón, tras enterarse de que Tokugawa lo iba a ejecutar junto con sus tripulantes.

Los traductores y los escribas de Tokugawa, trabajan sin parar. Logran traducir *El Quixote* en menos de un mes y de inmediato notan cambios drásticos en Osaka; objetos metálicos comienzan a flotar sin una razón específica, los árboles se comprimen 2 pulgadas, los ríos por igual. Los habitantes de Osaka atribuyen esto a un mal agüero que se produce luego de la llegada de los piratas españoles a tierra japonesa.

El primer tomo encontrado fue el vigésimo tomo; este tomo apareció tras un leñador haber cortado uno de los árboles que se encuentran alrededor del castillo. El tomo parecía haber sido colocado por alguien dentro del árbol, pero si se presta atención, el tomo parecía haber nacido dentro del árbol y crecido con él.

Cuando el vigésimo tomo llega a las manos de Tokugawa, quien lo da a los escribas y a los traductores, la traducción que surge de este deja atónitos a los escribas. De cierta forma, la traducción del tomo alinea la realidad y normaliza parte de los sucesos gravitacionales ocurridos. El lector atento, en su segunda lectura, concatena el poder que le otorga Cide

Hamete a Alonso Quijano, con la intrusión de Mlejnas en la realidad.

Sancho, en el capítulo LXXIV, le implora a Don Quixote que no se muera, **"que la mayor locura que puede hacer un hombre en esta vida es dejarse morir sin más ni más, sin que nadie le mate ni otras manos le acaben que las de la melancolía."** De alguna forma, Mlejnas secunda la filosofía de Sancho, Mlejnas busca su propia supervivencia. Pero Don Quixote, no muere porque desea morir, muere porque la propia metaficción de su obra lo trasciende; por la misma razón, Cervantes muere el siguiente año de la publicación de la segunda parte del Quixote.

EL TRADUCTOR

*T*raducir bien es trascender el lenguaje. El traductor debe encontrar una línea de comunicación entre ambos idiomas, para llegar a un tercer idioma que siempre es diferente a los dos idiomas originales que intervienen en la traducción.

Las palabras, al estar siempre ligadas a una cultura y a una forma de interpretación social, suelen eludir una traducción directa. El lector tiene que traducir entonces el tercer idioma, colocarse en la cultura del escritor, en los sesgos del traductor y en lo que resulta de la mixtura de todos los elementos antes mencionados.

El lector tiene que traducir mientas lee. Cuando leemos una traducción al inglés de Dostoyevsky; debemos analizar al traductor, la época en que tradujo, las tendencias del traductor, la agenda personal (si la hay). Leer el Dostoyevsky de Constance Garnett, no es lo mismo que leer el Dostoyevsky de Richard Pevear y Larissa Volokhonsky.

De acuerdo con Ricardo Piglia, el mejor lector es el traductor; porque tiene que decodificar lo que lee y trasladarlo a ese idioma nuevo. Esto es correcto; pero también es cierto que el lector debe recibir esa traducción de la mejor manera posible y con los menos sesgos posibles.

Las agendas personales de muchos traductores, muchas veces han dañado los libros de grandes escritores. Cuando digo grandes, no sólo me refiero a los clásicos, sino a todo libro que haya sido escrito por un gran escritor, que en la mayoría de los casos no son los que han recibido el Premio Nobel.

Benjamin insiste en que la traducción no tiene por qué ser fiel al original, siempre y cuando se busque trascender lo que se traduce. Porque la fidelidad a palabras individuales casi nunca reproduce el significado que poseen en el original.

Todo en el mundo existencial es traducción. Uno siempre camina por el mundo, traduce rostros, movimientos, miradas… todo con la finalidad de llegar a una conclusión donde interpretamos todo lo que traducimos. El niño traduce las palabras a su propio lenguaje. Aún no sabe hablar, pero ya entiende los ademanes de sus padres y puede sentir de forma intuitiva si algo anda mal, o si, por el contrario, todo está bien.

La traducción entonces es una condición innata del Ser. Así traducimos de forma intuitiva los símbolos, pues de alguna forma, aunque no conozcamos de forma consciente la telepatía del vigésimo tomo; sentimos la conexión con los símbolos, y sentimos que se aproxima algo inevitable. Ese algo tiene la traducción de una nada que se apodera poco a poco de la realidad como la conocemos. El multiverso no cede porque Mlejnas sea más poderosa, cede porque la voluntad de poder del Ser está en peligro de extinción.

HAIKU

Calma y final,
Gravedad que destruye,
Eterna sombra.

Suicidios ganan,
Los subconscientes ceden,
Tecnología.

Libros olvidar,
Lectores que ausentes,
La muerte buscan.

Cuento con canto,
Neuronas son esclavas,
Canto sin cuento.

Nada que cuenta,
Multiverso caduca,
Historia total.

Matsuo Kinsaku,
Poeta que en Edo,
Lee 10 tomos.

Metaficción que trasciende,
Las páginas ilustres,
Un devenir histórico.

Filosofía,
Árboles sin futuro,
Temporalidad.

El literato acierta,
Cánones endless,
Prematura inmortalidad.

Descubrimiento audaz,
De lectura especulativa,
Dispersa dinastía.

Ensayar los países,
Contar las ciudades,
Prologar el epílogo.

Traducir la poesía,
Conjugar el universo,
Declinar la nada.

En un espacio sin espacio,
En un tiempo sin tiempo,
En una nada sin nada.

EDIMBURGO

*E*sa noche salí a caminar sin rumbo. Mentira, el rumbo ya estaba marcado. Pero tampoco es la patraña de que lo que pasa es porque tenía que pasar, no, nada de eso. La cuestión es que salí con rumbo a la casa de Stevenson. La casa estaba a más o menos a unos 20 minutos a pie del hotel donde me hospedaba, o por lo menos eso decía el GPS del móvil.

Para que suene un poco elegante, diremos (y ese diremos también lo hace elegante, porque le incluye a usted) que el rumbo ya estaba marcado. Yo caminé por unos 30 minutos antes de llegar a la casa de Stevenson. Quisiera decir que en la caminata me sucedieron innumerables aventuras, pero no fue así; todo me resultaba trivial, excepto por el destino al que me conducía. De todos modos, y de esto me di cuenta más tarde, yo caminaba las calles que caminó el escritor de *Jekyll and Hyde*.

Llegué a la casa, que ahora es un museo; pero estaba cerrada. Me quedé unos minutos a contemplar la puerta roja y el número 17. Traté de ver lo que ocurría a través de las ventanas, y pude ver a alguien que caminaba muy despacio. Fingí alejarme, crucé al otro lado de la calle, subía y bajaba; todo con tal de experimentar la sensación de que Stevenson, de una forma u otra, estaba dentro de la casa. Yo parecía aquella intrusión que se desplaza por la *Casa tomada* de Cortázar, salvo que yo no podía entrar. Me apoderaba del pasillo, de la sala, y luego seguía con las habitaciones.

A través de la ventana pude ver unos anaqueles viejos. Es seguro que esos libros son de Stevenson. Digo "son", porque esa es la realidad, la muerte, que yo sepa, no elimina el Ser por completo; sólo lo sitúa en un estado de ausencia permanente; pero esa ausencia, no impide la posibilidad de atribuir lo que es de alguien a esa persona.

Edimburgo también me remite a Conan Doyle, y Doyle me trae a Poe a la memoria. Es una conexión que no puedo evitar, pues luego de leer las 4 novelas y los 56 cuentos sobre *Sherlock Holmes*, me percaté de la gran deuda que tiene Doyle con Poe. Como ya sabemos, a Poe se le considera como el inventor de la ficción detectivesca moderna. Cuentos como *The Murders of the Rue Morgue*, *The Mystery of Marie Rogêt y The Purloined Letter*, dieron inicio a todo un género literario.

Ya a punto de volver al hotel, la puerta del número 17 se abrió. Una mujer como de unos 46 años bajó despacio por los escalones y se dirigió hacia mí. Me preguntó que si buscaba a alguien; claro, le dije con una sonrisa, a Stevenson, ¿esta es su casa no?; me dijo que sí, pero que el museo estaba cerrado a esa hora de la noche. Un señor que parecía ser el esposo de la mujer, también salió a ver lo que pasaba. Lo importante del asunto, fue como la mujer me presentó: —Él es un fan de Stevenson.

Los dos fueron muy atentos conmigo. Yo nunca pregunté sus nombres ni ellos el mío; sólo me limité a decirles que vivía en New York, y que visitar la casa de Stevenson me había parecido una maravilla. Antes de irme, la mujer me dio una tarjeta del museo que aún conservo.

El camino de regreso fue igual que el de ida. Los 30 minutos de camino me parecieron como 5. Una sonrisa colgada en mi rostro, era la prueba de que la felicidad toma formas inesperadas, que muchas veces no tienen por qué ser insólitas. Lo insólito fue el cambio de posición del hotel; ahora se encontraba en el lado derecho de la calle. Yo había regresado de la misma forma en que me fui, y si la memoria no me falla, el hotel estaba a mi derecha cuando salí. Al entrar, el desk estaba en el lado opuesto, el lift también. Yo lo atribuí al cansancio y a la experiencia fantástica de haber caminado las mismas calles que Stevenson.

Antes de regresar a New York, visité el Castillo de Edimburgo. Me habían comentado que allí se encontraba un manuscrito de *A Study in Scarlet*. Luego de caminar y explorar el castillo, alguien me condujo hacia una de las habitaciones donde se encontraba el manuscrito. Lo identifiqué enseguida, porque había un letrero con letras escarlatas con el título de la obra.

En efecto, era el manuscrito. Lo examiné con cuidado y traté de leer las primeras palabras, pero sólo alcancé a entender la famosa dirección de *221B Baker Street*. Detrás del manuscrito, se encontraban otros 10 libros que parecían no tener mayor importancia. En un cartel podía leerse: "Estos 10 tomos contienen las estrategias militares de 1621. Fueron encontrados en la construcción de *Tailor's Hall* de ese mismo año.

EL PRÓLOGO

*H*e llegado a la conclusión de que leer bien es trascender lo leído. Esta trascendencia puede tomar forma de metáfora o de una realidad que surca los rincones de la ficción. No basta con prestar atención, en mi caso, yo siento que debe haber un instinto poético detrás de cada párrafo leído.

Los ejercicios plasmados en esta novela, intentan (y creo que lo logran) salirse de las convenciones novelísticas y las expectativas del lector. No creo poder escribir una novela donde la forma sea una simple secuencia de sucesos que acontecen a los personajes, de un capítulo a otro, o una novela donde el lector no sienta una exigencia mayor.

No existe una forma específica de cómo escribir una novela. Me he asegurado, de que los capítulos que aparecen aquí, sean tanto de carácter original, como de carácter innovador. Otros grandes pensadores han logrado crear obras originales y magníficas. En 1922, el *Ulysses* de Joyce viene a romper con los parámetros de lo que puede ser una novela. También Virginia Woolf, con *Ms. Dalloway* y *The Waves*, rompe el molde establecido. También tenemos a *The Sound and the Fury* de Faulkner. La técnica varía, pero sabemos que *Stream of Consciousness* es la técnica que domina en las primeras décadas del siglo XX.

He incluido de manera especial a *El Quixote*, porque es la primera novela moderna por excelencia; por su gran riqueza literaria y porque se prestaba para avanzar la trama de esta novela en particular.

Las invenciones de carácter fantástico, responden tanto a mi admiración por este género, como por los escritores que nos brindan historias fantásticas. Así surge el descubrimiento en *Tlön, Uqbar, Orbis Tertius*, donde Borges deja una puerta abierta a la imaginación del lector y del escritor atento.

Muchos escritores han intentado plasmar la totalidad en sus novelas, pero muchos no pudieron llegar a donde se plantearon. Esto sucede porque muchas historias que están sujetas a historias de amor, de guerra, de crisis existenciales… no pueden reflejar una totalidad desde el punto de vista universal e infinito. Para evocar a la totalidad, se necesita no un tema, sino una experiencia donde el lector viva esa totalidad de forma continua. El lector debe sentir que algo se le escapa, que algo siempre está más allá de su capacidad analítica.

El orden de los capítulos corresponde a la totalidad de la obra. Si no existe un orden en la esencia de la novela, tampoco puede existir un orden cuando el lector se enfrente a los capítulos. Es una tarea difícil, porque ya existen novelas como *Rayuela*, cuyo orden de los capítulos son dictados por Cortázar, a sabiendas de que el lector puede elegir leer la novela de cualquier forma y en cualquier orden; también tenemos la temática de *Ulysses*, donde los capítulos no tienen títulos. Entonces, buscar una forma original en el siglo XXI para organizar una novela, no es tarea fácil, pero creo que *Mlejnas* logra su objetivo para con este fin.

Una gran historia se sustenta de la creatividad del escritor. La decisión a la hora de elegir las ciudades o países, fue algo que surgió de una forma natural. La mayoría de esos países los he visitado, y la confianza de hablar sobre ellos destila de ahí. Un caso particular es el de Edimburgo, donde el pequeño relato sobre la casa de Stevenson, es un hecho verídico; aunque tenga matices ficcionales.

Los personajes como *El Profesor de Español, El Literato, The English Teacher...* responden tanto a la historia en sí, como a la posibilidad de un adentramiento más profundo al lenguaje y al propio uso del lenguaje. La historia como tal, se presta para la ejecución y el desarrollo de todos los personajes que se dan cita en la novela.

El vistazo a la psicología de los personajes, nos indica lo necesario para conocerlos. Opté por este método, de conocer los personajes por lo que ellos dicen y no por las explicaciones innecesarias que abundan en la mayoría de novelas; porque me parece que el lector es más que capaz de entender lo que sucede dentro de la historia. También aparecen otros personajes que, de forma implícita, tienen la misma importancia que los demás.

El gran ladeo hacia Japón, pudo también ser hacia España o cualquier otro país. La historia me condujo hacia la cultura japonesa, porque se prestaba de forma especial para avanzar la trama de la historia. Pero en esencia, al concluir la novela, el lector entiende que cualquier lugar es todos los lugares.

La infinita totalidad que concluye la novela, nos indica la eterna conexión que poseen las cosas, el universo, el Ser, y todo cuanto existe. Siempre existe una manera de concatenar algo con algo, nada con nada. Si hablamos del planeta tierra, en todas partes existe el oxígeno, el agua, los mares, el cielo, las nubes, el Ser… todo se conecta. De aquí la novela toma su decurso histórico y su visión del metaverso.

El lector no es sólo un lector. El lector es un acompañante fiel, es un Sancho que cuando el escritor no quiere salir en busca de aventuras, le dice que no se deje morir y que salga a cabalgar. El lector exige, sueña, renace y construye la historia. Aunque una fuerza invisible dicte y lea las oraciones, otra más fuerte, que radica en el subconsciente, decide el rumbo de las palabras.

La extraña naturaleza de la novela, responde a la necesaria urgencia de escribir algo no convencional y repetido. La estructura de personajes que hablan y revelan la trama a través de las experiencias de sus propias disciplinas, es una forma de innovar en la novelística. Desde el descubrimiento, hasta la conclusión de la novela, el lector advierte el mundo fantástico que rebosa la novela.

El lenguaje claro de la novela, busca una transparencia para con el lector. Aunque reconozco que un esfuerzo mayor es requerido para el completo entendimiento de la historia; no obstante, con el trabajo necesario, el lector puede lograr comprender no sólo la magnitud de la obra, sino también su importancia dentro de la literatura universal.

"The artist is the creator of beautiful things", menciona Wilde en su prólogo de *Dorian Grey*. En efecto, esto es correcto. Luego aparecen los críticos (que también son bienvenidos) y algunos desvinculan la obra con la esencia de la obra. El lector atento busca conexiones, las encuentra, luego se arrepiente, se desanima, continúa, entiende, se escapa, regresa, relee y en algún momento, trasciende lo leído.

La novela hace uso del recurso de conexión universal, pero lo hace de una forma coherente, hasta que *Mlejnas* no expresa por completo su totalidad. Un claro ejemplo es Egipto-Napoleón-Alexander-Pirámides-Alejandría-Miyamoto-1615-Quixote… Este recurso de conexión universal, supone una infinita totalidad en la obra. Lo que a su vez confirma que se ha logrado depurar la esencia de la obra.

El Ensayo, no requiere mayor explicación que la cual acontece en él mismo. En *El Ensayo*, el lector encuentra un análisis profundo de *Tlön, Uqbar, Orbis Tertius*, que de inmediato sugiere la lectura o la relectura del cuento. Lo analizado también encamina al lector, hacia un mejor entendimiento del libro que ahora lee. Borges no deja establecido (no tiene por qué hacerlo) todos los detalles de la invasión de Tlön en la realidad. El ensayo entonces se apodera de una vertiente que no aparece en el cuento: la revelación de que el mundo de hoy es Tlön; la vida existencial como se conoce, responde a Tlön porque es de carácter ficticio, y es de carácter ficticio, porque vivimos en un mundo de filtros, de redes sociales que no son sociables, de algoritmos invisibles que controlan el pensar de la humanidad. Nos encontramos entonces con una trascendencia de la lectura del cuento; puesto que la realidad es una ficción porque no responde a la realidad real. La realidad real se oculta tras mentiras fabricadas, y la peor forma, es cuando se llega a una auto-mentira.

El Cuento, también se presenta de forma directa luego de analizado su contenido, y se adhiere a la totalidad de la novela. Ese *behaviorismo cognitivo* refleja el poder que ejercen los mlejnistas sobre el mundo. En el cuento nos encontramos con un resumen de la historia de la psicología, esta historia, se concatena con los esfuerzos que han realizado los mlejnistas a través del decurso histórico. Es suficiente con saber que los libros ya no son prohibidos, sino que no son leídos por decisión propia de la humanidad.

Incluir un poema que se relacione de forma directa con la historia, surge de la necesidad de contar de una forma diferente. El lector se tropieza con el poema, de la misma forma en que me tropecé yo.

Adentrarse en el multiverso de *Mlejnas*, es encontrar en lo heterodoxo, una salida a las trampas de los que ejercen el control a nivel mundial. *Mlejnas* buscará su trascendencia, encontrará el espacio suficiente para ejercer toda su fuerza y reclamar lo que nunca le perteneció. Y así, sucumbimos a *Mlejnas* y le cedemos nuestra realidad. *Mlejnas* luego entiende, que la voluntad de poder siempre busca trascenderse a sí misma. Pero cuando esa trascendencia agota todos sus recursos, se requiere de algo que contenga una voluntad de poder mucho mayor que todas las demás.

STREAM OF CONSCIOUSNESS

Pero que sucede cuando el pensar se piensa a sí mismo pensar el cuadrado que se triplica en algún momento y se extiende hacia las infinitas posibilidades que se presentan como decir que el caso es el caso si el caso continúa con un caso que es la materia prima del primer caso cada letra busca su trascendencia en la gran sala en la gran obra del saber y del decir suben como palomas que son y fueron pero que ya no serán si no hay quien las pronuncia cómo pueden existir en qué recuerdo pueden ser recordadas sólo la inexistencia ahora puede pensar lo que un día fue posible ser pensado desde la existencia misma como no sin un tiempo que sostenga el universo ni un espacio que le indique su curso o le sostenga árboles flotarán y se esfumarán en la nada how can you find something in the nothingness of eternity si en algún momento entendemos la verdad de las verdades será entonces cuando ya no se pueda hacer nada y nada es entonces eso que somos o que no somos de todas formas si nos pensamos como algo que todavía existe seremos nada *Mlejnas* busa un algo que para nosotros es un nada y sentimos cómo se nos escapa el oxígeno por nuestra ignorancia seremos lo que merecemos una teoría shopenhaueriana que aún retumba y no pasa por el eterno retorno de Nietzsche un mejor no mencionado de Wittgenstein que se convierte en realidad palpable por la nada sin tiempo que nos salve y sin espacio que nos encaje sucumbimos a la gravedad como arenas en el mar todo sucumbe todo se eleva todo se extingue con una fuerza descomunal Japón cede al final pero también cede con todos sus damios y sus futuras estrategias que se no por si en un como en no sol

Un acontecimiento al unísono Einstein's pineapple es
la misma piña que vende el vendedor de la esquina con
las mismas dimensiones para quien sabe encontrar las
conexiones universales una momificación que respira
el polvo del olvido ensayar la ficción como ficcionar el
ensayo fenomenología sociología de lo inexistente
naturaleza que se traga el subconsciente como un pan
de agua economía inservible en el universo no existe el
dinero mal que siempre nos corrompió el Ser todo sale
del caballero de los leones libro esencial alegoría de la
caverna que pasa a ser del universo verosímil lo
segundo con los mlejnistas el inglés el francés y el mero
español desaparecen pero el mundo no fue Tlön una
guitarra fue el último sonido en la tierra una rasgueo de
Sol Re Do canción que ahora es la antesala del silencio
la lluvia cada lluvia anuncia la oscuridad galaxias que se
apagan infinita soledad canto sin voz música sin
acordes el narcisismo se ha tragado al Ser y a toda
posibilidad de una Autenticidad mayor los mlejnistas
no se arrepienten de lo que hicieron lo hubiesen hecho
de nuevo si oportunidad encuentran sucumben a mí a
lo que no existe como siempre fue y si sigue la no
existencia por la vanidad que el Ser destila los animales
suben como las casas y las rocas Manhattan es ahora
una isla desierta los desiertos sin arenas son desiertos
acaso speed up a car fast enough and it disappear do
the same with the galaxies and what do you have
siempre que se pueda en la forma que se pueda y como
se pueda y donde se pueda por que se pueda hay un no
poder que se impone con una caducidad letal si la
canción los hermanos Bm Am F I'm a man of the
Universe running like a river after the rains have died

Mlej
nas

EL SER

*E*l Ser se ha perdido en algoritmos, filtros, fotos y videos; Mlejnas ha creado una red de comunicación mundial que sólo beneficia a los mlejnistas y en última instancia, a Mlejnas itself. Los códigos ya no son genéticos, pero responden a una genética cibernética donde una metamorfosis dicta el decurso del planeta.

A fines del 2024, Yuval Noah Harari publica su libro *Nexus*. Harari abre el libro con una introducción real y concisa de la situación actual en cuanto al Ser se refiere: *"…But power isn't wisdom, and after 100,000 years of discoveries, inventions and conquests humanity has pushed itself into an existential crisis."* Los mlejnistas ignoran el poder que manejan, Mlejnas, no es una herramienta que pueda ser controlada, es una entidad que tiene vida propia, como los algoritmos que utiliza la inteligencia artificial.

Las guerras son la prueba de la capacidad de autodestrucción del ser humano. El Ser se escapa en cada bala, en cada insulto, en cada niño violado por algún fanático religioso…

Nuestra Autenticidad se esfuma como el vapor, como una especie en extinción que nunca conoció su verdadero propósito. Alguna vez se escribió que somos más que nalgas y un par de tetas; que nuestros instintos primarios pueden ser trascendidos y dominados. Pero eso fue ayer, hoy, hoy escribe la no existencia del Ser. La total erradicación del espacio y el tiempo que un día inventaron los humanos.

El Ser muere tras mentiras fabricadas, y al mismo tiempo, quienes fabrican las mentiras, mueren por causa de las mismas mentiras. El Ser es la Totalidad del PEMP. En un mundo donde el narcisismo es lo más relevante, la muerte ya se ha apoderado del Ser. Ya nadie se preocupa por el Ser, todos se entregan a adquirir poder y más poder. El amo de hegeliano muere a causa de su propio poder.

El problema de la humanidad siempre ha sido un problema existencial; pues hemos logrado llegar a lugares extraordinarios, pero siempre tenemos que lidiar con nosotros mismos. Eso significa que el Ser debe ser lo primero que debemos tomar en cuenta antes de efectuar cualquier acción o de tomar cualquier decisión; porque el Ser es lo que importa en todo. Si el Ser no tiene un *balance*, nada sirve, todo se convierte en algo trivial e innecesario.

Ese balance es vital. En *Ser y Muerte* se explicó la necesidad de ese balance. también se habló de que uno no puede ser un Ser auténtico todo el tiempo. La Autenticidad supone un vaivén, una fluctuación permanente. Por ese fluctuar, el Ser debe trabajar día a día, hora por hora, para validar su Autenticidad.

Mlejnas entendió enseguida que se manejaba en un mundo superfluo, egoísta y vano. Tomó entonces como motor de convencimiento lo que muchos son incapaces de rechazar: el poder. Poder sobre la misma especie no es poder, es una locura al cuadrado. Pero el hambre por el poder y por posiciones que satisfagan el ego humano es superior a la fuerza de voluntad que necesita el Ser para poder resistirse a esta trampa.

Mlejnas entonces decide engañar y atrapar al Ser. La deconstrucción ontológica del *Dasein*, de sus posibilidades y de la posibilidad que impide esas posibilidades del *Dasein*; nos fueron dadas en *Being and Time*, para entender el llamado urgente que requiere la Muerte como materia viva. Una Muerte inevitable que también es utilizada para controlar al PEMP.

El Ser siempre ha sido la Totalidad del PEMP. Mlejnas entendió esto de inmediato, y se apoderó de esa Totalidad para asumir el control del Ser. Cada página es una forma de comunicación con el núcleo de la historia, cada historia puede ser alterada; Así, lo que se apodera de la historia también se apodera de la realidad. La nada sartreana reaparece, para validar a algún narrador elocuente.

THE METAMORPHOSIS

*L*a introducción de esta gran historia, ha creado mucha polémica desde su publicación en 1915. La frase: *"ungeheuren Ungeziefer"*, es traducida de múltiples maneras. La primera traducción que se hizo al inglés es de Willa Muir and Edwin Muir, de 1933.

Dicha traducción traduce la frase de la siguiente manera: *"Gigantic insect"*. Me parece que esto responde a que Kafka no quería ningún dibujo de la criatura en la portada, y cuando se refirió al tema, llamó a la criatura "el insecto".

La naturaleza del deseo de Kafka, nos indica la conexión con Mlejnas. A 300 años de la intervención de Mlejnas en la realidad, nos llega este libro fantástico de Kafka. Aunque el orden de la secuencia no se limita a 100 años.

Se le ha llamado "novela corta"; pero me parece que este libro tiene muchísima más riqueza que cualquier novela de 500 páginas. Su trama se desarrolla con naturalidad y se logran todas las expectativas tanto del autor como de lector. Es entonces, una novela. Porque tiene todo lo necesario para serlo.

Los tecnicismos de la novela los vamos a dejar para luego. Ahora nos toca lo que nos toca; y lo que nos toca es la magnitud del significado de la obra en cuestión, o de las obras en cuestión. *The Metamorphosis* contiene la misma tendencia que contiene *The Hunger Artist and The Trial*. En estos cuentos, encontramos el sentimiento de que algo se le escapa a la realidad, algo permea el ambiente como una sombra invisible.

Esa ausencia que se presenta como algo presente porque sabemos que está, pero que no podemos identificar, nació en 1615. Así surgieron grandes obras literarias, moldeadas por una fuerza gravitacional imposible de evitar. ¿Cómo no someterse a Mlejnas, a la minuciosa y vasta evidencia de un Ser ordenado?

Sabemos que *La Metamorfosis* cobra su mayor sentido, cuando entendemos que los familiares de Gregor son los que pasan por una metamorfosis. Gregor es sólo el canal que posibilita la trascendencia de la historia; pero sus familiares, ellos desarrollan una metamorfosis más grande y coherente que la que sufre Gregor. La familia Samsa, se convierte entonces, en una entrada a la invasión de Mlejnas en la realidad.

Kafka, al descubrir lo que ocurría (fue el único que logró hacerlo), pide a su amigo que no publique sus últimos trabajos. Siempre se dice que el mismo Kafka pudo destruir sus manuscritos, y no dejarlos en manos de Max; pero lo cierto es que no pudo hacerlo, ya era muy tarde para corregir el pasado para un futuro del que él ya no formaría parte.

La Metamorfosis es el preludio de la metamorfosis; no por error se escribe esta novela; no por error es dictada de esta forma; no por error se trasciende a sí misma y a sus personajes; no por error hemos entrado en su mundo fantástico.

Quien narra, es siempre la Totalidad de lo narrado; porque no puede narrar quien no tiene total conocimiento de la obra. De esta forma, entendemos que quien narra debe y puede trascenderlo todo, incluso lo intrascendente. El lector entiende que lo que se escapa a los sentidos y a la realidad, es algo que va mucho más allá del propio lector; pero no de una forma entendible como la oración que acabé de escribir; sino como algo desconocido que se encuentra detrás de algo aún más desconocido.

El preludio siempre aparece en la vida del Ser. Desde su comienzo entiende que perecer es su destino, su más completa hazaña. Nada realiza más al Ser, que su más ferviente totalización, su Muerte. Kafka entonces decide entregarse al juego de Mlejnas, e inmortalizar su propia muerte con *The Hunger Artist*; trascendiendo así, la invasión inevitable.

La realidad, siempre en manos ajenas, produce la Primera, la Segunda y la Tercera guerra Mundial; como un esfuerzo por acabar con el planeta. La Tercera casi lo logra, pero sabemos, que el mundo no sobrevivirá a una cuarta. Tuvieron que pasar 300 años para que alguien pudiese detectar lo que ocurría; triste saber, que nunca pudo comunicárselo a nadie a través de alguna ensayística que denote credibilidad.

Pero las cosas que en verdad son reales, jamás se comunican a través del realismo. Sólo la ficción puede contener tales mensajes. Navegamos entonces por los Samsa, Joseph K., el artista hambriento que aún vive en la pantera, y quien se detiene ante la ley. Lo

Kafkaesque nos anuncia el final del mundo real como lo conocíamos; pues nos depara en un universo fantástico donde las reglas son inexistentes. Lo triste entonces, no es la ausencia de esa ensayística; sino la pobre imaginación de algunos seres.

LA PROSTITUTA

Se me acusa de inmoral, de transgredir las normas impuestas por machistas y dictadores. Lo negativo siempre sale a relucir cuando soy motivo de conversación en las reuniones de mujeres de clase media y alta. Les encanta llenarse la boca conmigo y decir que soy una escoria.

¡No!, lo idiota es pensar que mi profesión es la peor profesión del mundo. ¿Acaso nadie conoce a los políticos, a los banqueros, los empresarios? ¿Acaso nadie ha escuchado hablar de los narcotraficantes, de los curas, de los pastores, y de cuantas otras religiones se inventen? No, mi profesión no es la peor de la historia.

A veces no se elige ser puta; pero a mí la verdad es que me encanta este trabajo. Paga bien y lo disfruto. De todas maneras, no existen reglas en contra del sexo. Si los que interactúan son adultos, no existe ningún impedimento, y si existe el consentimiento mutuo, todo marcha como debe marchar.

Las sociedades se han formado dejando de lado muchos rasgos importantes. La infidelidad es una invención del sistema. Toda persona puede acostarse con quien quiera. El sexo viene a suplir una necesidad, y cuando esa necesidad no es suplida, la persona no puede vivir con plenitud. Necesitamos, así como los deportistas tienen masajistas, también el mundo necesita de una profesional en esta área tan vital para la humanidad.

¿Cuál es el problema con tener relaciones con diferentes personas? No veo nada de malo en eso. Se aferran algunos, a las convenciones antiguas y repugnantes de reprimir sus instintos primarios. No digo que salgamos a asesinar; pero el instinto primario del sexo, no debe ser reprimido, debe ser liberado.

A ti que sabes quién te gusta y con quién quieres estar, no esperes, acude a ese llamado pasional, y entrégate al placer beneficioso del sexo. Nuestros valores deben ser reinventados; porque fueron creados por machistas y estúpidos que nunca han pensado en la mujer, en el clítoris o en la humanidad.

Me encanta cuando me agarran de frente, de espaldas, cuando un hombre fuerte me carga y sin piedad me atraviesa como una yuca del sur. ¿Dónde está el impedimento? No lo veo, sólo veo libertad.

La libertad se impone y me lanza hacia lo posible, hacia las infinitas posibilidades que se presentan. Como el río (cualquier río) me dejo llevar, abrazo las piedras, albergo una totalidad, me desplazo con sutileza, luego con ferocidad, me estanco, resurjo, camino, corro, hablo, grito, grito, grito…

Brindo lo que nadie más puede brindar. Mentira, existen otras que no llevan mi título pero que son lo que soy, que hacen lo que hago. No estoy sola en este decurso a través de la historia. Las que no se definen como prostitutas, son más prostitutas que yo. Pero que bueno, que bueno que lo son. Sólo deberían enfrentar el mundo y decirlo en voz alta: ¡Me fascinan los penes!

Ese es el mundo que queremos, un mundo donde no se juzgue a nadie por su sexualidad. No veo diferencia entre cocinar y masturbarse, entre ir a la oficina o encontrar un hotel e invitar a tres hombres para que uno me dé por detrás, el segundo me muerda el clítoris y el tercero me ponga el pene en la boca.

Los veré venirse en mi cara, en mis pechos y en mis nalgas. *Fuck! Fuck me like that!* Estos son los pensamientos de la humanidad, los pensamientos de la realidad. Es una realidad escondida, una realidad de habitación encerrada. Porque no tenemos el coraje de entregarnos a este buen placer, porque existen placeres malignos, pero este no, este es el placer que nos ha ayudado a evolucionar por siglos.

El mundo es tan hipócrita, que hemos normalizado asesinar, violar, la azúcar procesada, los alimentos cancerosos y que las mujeres no tengan derecho al voto. Sí, votan, pero no tienen derecho al voto. Pero pretendemos que algo tan natural y que todos hacen, sea un tabú.

Así pues, libere sus instintos y acuéstese con quien le dé la gana. Yo lo haré esta misma noche, y me lo gozaré como si fuera la última vez, como si el mundo se fuera a acabar. Que se acabe, pero que primero me deje tener al menos tres orgasmos.

BAPALANPACEPE

*T*opodopo nepecepesipitapa unpu bapalanpacepe quepe lepe sospotenpegapa. Inpiclupusopo denpetropo delpe capaospo, reipinapa unpu bapalanpacepe quepe perpemipitepe quepe epesepe capaospo sepe manpatenpegapa denpetropo delpe orpodenpe delpe propopiopo capaospo. Elpe bapalanpacepe quepe buspucanpa lospo mlejpenispitaspa espe enpetonpocespe depe caparácpaterpe munpudialpa, ypi quepe lespe perpemititapa epejerpecerpe supu popoderpe sinpi lapa inpiteperruppuciónpo depe texpetospo, penpesapamienpetospo opo epemopocioponespe quepe puepedanpa pepelipigrarpa elpe conpotrolpo quepe buspucapa topodapa sopociepedadpa topotapalipitapariapa.

Cuanpadopo elpe bapalanpacepe sepe quiepebrapa, laspa fronpoteperaspa delpe sapaberpe quepedanpa expepuespetaspa ypi puepedenpe serpe enpetenpedipidaspa porpo quiepenespe tiepenenpe elpe vapalorpo ypi lapa capacipidadpa depe perpecapatarpasepe delpe hepechopo. Espetepe sapaberpe viepenepe apacompopapañapadopo depe upunapa anpagusputiapa quepe epexipigepe unpu trapabapajopo ypi unpu espefuerpezopo mapayorpo alpa delpe Serpe copomúnpu. Apaquípi surpugepe lapa opoturpunipidadpa paparapa quepe elpe napacipimienpetopo depe elpe Serpe auputénpetipicopo.

Topodopo bapalanpacepe depemanpadapa unpu granpa sapacripifipiciopo. Espetepe sapacripifipiciopo puepedepe serpe psipicopolópogipicopo opo depe múlputipiplespe mapaneperaspa. Cuanpadopo lospo mlejpenispitaspa nopo lopogranpa despecipifrarpa lopo quepe caupusapa elpe despebapalanpacepe enpe elpe munpudopo, alpaguienpe sepe enpeteperapa depe lopo quepe supucepedepe conpo lapa repeapalipidadpa. Enpe mupuchospo capasospo espetepe despebapalanpacepe espe tanpa fuerpetepe, quepe máspa depe upunopo despepierpetapa depe lapa pespesapadipillapa fapabripicapadapa.

Elpe bapalanpacepe sepe lepe especapapapa apa lospo mlejpenispitaspa, ypi apa Mlejpenaspa sepe lepe especapapapa elepé propopiopo despebapalanpacepe quepe crepeapa. Nospo enpeconpotrapamospo enpetonpocespe anpatepe upunapa fuerpezapa mapayorpo apa lapa depe ampabospo mapalespe, quepe buspucapa, nopo elpe conpotrolpo depe lapa hupumapanipidadpa opo delpe mulputipiverpesopo; sipinopo alpagopo mupuchopo máspa topotalpa epe inpifipinipitopo.

EGIPTO

Napoleón busca la unificación mundial. Pero esta unificación toma forma de dictadura y totalitarismo. Sus acciones nos revelan la verdad de sus pensamientos e ideologías: Napoleón, al igual que Alexander, se consideraba a sí mismo un dios.

El 21 de julio de 1798, Napoleón, antes de comenzar La Batalla de las Pirámides, dice a sus soldados: **"Desde la cima de esas pirámides, 40 siglos de historia nos contemplan"**. Napoleón había oído hablar en España, de un libro sagrado que se encontraba en las pirámides de Egipto. Este libro, podía facilitar la conquista del resto del mundo.

Luego de la batalla, ningún libro fue encontrado. No fue sino en Alejandría, que se entera que el libro que busca fue escrito por un español, publicado en 1615, y se encuentra en Japón. La información se encontró en un libro de estrategias militares llamado *El Libro de los Cinco Anillos*, escrito por Miyamoto Musashi.

Miyamoto ayuda a establecer el período Edo, al combatir en la Campaña de Osaka que tuvo lugar en el Castillo de Osaka en 1614 y 1615. Miyamoto era un buen amigo de uno de los generales del Shogunato Tokugawa.

Napoleón, de forma profética, dice que su úlcera más grande es España. Aunque su terrible error fue invadir a Rusia; cuando se pelea una guerra en varios frentes, en algún momento hemos de esperar un grave error.

Napoleón no encontró el libro sagrado, pero sí encontró en Alejandría otros 10 libros que parecían tener la misma importancia. Los libros estaban escritos en jeroglíficos egipcios, lo que hacía su traducción larga y tediosa. Napoleón se regocijaba en seguir los pasos de Alexander the Great; así que prosiguió con la conquista de territorios como lo indica la voluntad de poder Nietzscheana.

Ramsés II intentó ser inmortal. Sus investigadores para la época, hacían todo tipo de experimentos en busca de una inmortalidad para el faraón. La momificación surge de buscar una forma de convertirse en un Ser inmortal. El lector inquieto entiende que otros faraones también buscaron la inmortalidad. Pero quien más cerca estuvo, fue Ramsés II.

El Éxodo bíblico miente. En el pentateuco nos encontramos con varios faraones, muchos de ellos no son históricamente correctos. En el mito bíblico de la travesía de los israelitas, Moisés abre el mar rojo para que el pueblo de dios llegue a la "tierra prometida". Si Ramsés hubiese sido el faraón a cargo cuando sucede este largo peregrinaje, los israelitas nunca hubiesen llegado a Canaán como lo indica el mito bíblico.

Napoleón respira el mismo aire que respiró Ramsés, Alexander, Cleopatra. Con cada conquista, entiende y respeta el significado de las tierras que conquista, su legado en el decurso histórico.

Waterloo pone fin al desesperado intento de Napoleón por recuperar y traducir los 10 libros encontrados en Alejandría. La piedra de Rosetta, ayudó en gran parte con la traducción de los libros; pero cuando los ingleses derrotaron a los franceses en 1801, la piedra pasó a manos del imperio británico. La piedra de Rosetta ahora se encuentra en el Museo Británico, Londres; De forma similar, los 10 libros ahora se encuentran en el Louvre, y son parte de una colección que sobrevivió a las guerras napoleónicas.

Ahora entendemos, tú y yo, que esos diez tomos han dominado el continente europeo por siglos; dando muchos artistas y escritores excepcionales. Claro, por eso *Ulysses* se publica en Paris, y la filosofía y la literatura francesa, inglesa y alemana, devoran el panorama mundial. Vive la liberté ! Pero esta libertad no llega sin un precio, un precio que siglos después, cobrará con creces y algo más.

EL EPÍLOGO

La belleza de que todo suceda en un segundo, de que todo pase siempre al mismo tiempo, es más de carácter realista que de ficción. La Totalidad comprende esta secuencia de hechos como uno sólo. Y al no existir el pasado o el futuro, modificarlos o que siempre ocurran al mismo tiempo que los hechos presentes, se presenta como algo que Mlejnas realiza sin esfuerzo.

Las ciudades y países nos presentaron con matices realistas e independientes de factores imaginarios. Al mismo tiempo, la realidad se pliega cuando es invadida no sólo por Mlejnas, sino también por el odio, la avaricia, la guerra, el dolor y la envidia. Estas, también alteran la realidad.

Sería irresponsable de nuestra parte, pretender que sólo la ficción altera la realidad como la conocemos. En la mayoría de los casos, no se necesita de una ficción que la altere. El subconsciente guarda con cuidado, todos los deseos que leímos en *La Prostituta*. Ella representa a toda la raza humana, a todo Ser que busca su trascendencia pero que no sabe a ciencia cierta lo que eso significa.

Este capítulo, metaficción total, es un capítulo perdido del libro. Mlejnas se robó el epílogo hace más de 50 años. No quería ninguna explicación que pudiese aclarar su derrota frente a mí. Este capítulo, nunca debió estar en el libro, y no lo está; lo que el lector lee en este momento, es un espacio vacío que se creó luego de que Mlejnas dejará de existir.

Recuerdo una canción que se llama: *San Francisco*, de *The Teskey Brothers*. Esa canción menciona una espera eterna, una espera que soy yo, yo soy la espera y la eternidad, yo soy el ritmo y el silencio, la oscuridad y el recuerdo de la luz. Soy el sonido que decae, que se distancia del oído. Soy la llamada que nunca llega, el amor que nunca se concreta, la distancia que el viento alarga. Un experimento social me dicta el momento, un devenir histórico ficticio me muestra el camino.

Las novelas llegaron por la necesidad de despertar. Una necesidad que me trasciende incluso a mí; porque, aunque la caducidad reina, la memoria de esos libros quedan en mí, es imposible el no recordar esas historias. A Kafka lo recuerdo como un niño tímido que no sabía que tan grande era su literatura. Joyce, el innovador e incansable Joyce. Hay que tener un Ser especial para emprender una tarea como la que Joyce acometió. Márquez, entendió que todo es soledad, pero que cuando esa soledad adquiere la forma de la eternidad, sólo yo puedo soportarla. Cervantes nace a Mlejnas, pero nunca supo lo que pasaría luego de su muerte. Quizás en la Muerte, le llegan noticias de que su libro se concreta en Japón. Cortázar es siempre un niño que juega, que de forma seria se entrega al juego. Su literatura es un testamento de devoción e ingenio. Mlejnas no pudo arrebatarle su eternidad. Dostoyevsky domina la psicología terrenal como un juego de ajedrez. Cada palabra, consciente o no de ello, es un cálculo que trasciende las barreras del pensamiento, y las catapulta hacia un lugar inalcanzable por Mlejnas.

Mlejnas nunca pudo con la literatura, mejor aún, nunca pudo con los escritores verdaderos. De aquí entendemos, el lector y yo, que yo siempre estuve destinada a conquistar a Mlejnas. Esta historia que me cuento en un segundo, es también mi historia y la de toda la eternidad. Porque la Totalidad empieza en algún momento y en algún momento sucumbe ante mí.

Cada capítulo comprende un mundo que no pretendo demostrar aquí. El lector debe encontrar el punto donde se unen todos los puntos. Al mismo tiempo, cada capítulo es un universo que conforma el multiverso de Mlejnas. Se puede vivir en uno de esos universos con toda naturalidad, ya sea por una semana o por un año; no existe la prisa cuando se busca vivir con intensidad, cuando se busca entender.

Colocar el epílogo en una parte inusual responde a la naturaleza de la novela. Esa naturaleza es de carácter único. Mlejnas no buscó existir; tampoco buscó manipular el multiverso. Pero cuando se presenta la oportunidad de aprender y de trascender, no puede rechazarla. No podemos culparla por esto, estaba ya en su naturaleza querer trascender su propio Ser; así como está en mi naturaleza, trascender el tiempo inventado, el odio, las guerras, la eternidad, la Totalidad, y a Mlejnas.

"The highest form of intelligence is Humility."

GENOCIDIO LINGÜÍSTICO

El profesor de inglés tenía razón. Detrás del idioma se encontraba una agenda macabra. Sin la necesidad de apelar al mito de babilonia, Mlejnas comienza la ardua terea de la unificación de todos los idiomas.

Las lenguas se fueron fundiendo en esta nueva forma de expresión. Nadie lo notó tan rápido como los profesores y lingüistas, quienes advirtieron a la humanidad sobre la metamorfosis que sufría el mundo y los idiomas mundiales. Pero el poder de Mlejnas era mucho más fuerte que las persuasivas palabras de los defensores de la libertad de expresión.

Primero empezaron a desaparecer los sinónimos; cualquier palabra que pudiese ser utilizada más de una vez, se redujo a un sólo significado. En los idiomas que aplicaba, se eliminó por completo el masculino y el femenino; ahora se hacía referencia a un sólo género.

Poco a poco, este nuevo idioma se infiltró en las escuelas y en las calles mundiales. Dentro de 100 años, la nueva generación de humanos estará unificada por este nuevo idioma.

El oficio del traductor desapareció con los demás idiomas. Así, ensayos como *The Task of the Translator* de Benjamin, pasan a ser parte de una historia lejana que los mlejnistas pretenden eliminar en el próximo siglo. Algo se pierde, algo se les escapa a las nuevas generaciones cuando los caudillos y dictadores totalitarios se roban parte de la historia. El decurso histórico nos sirve para entender tanto el presente como el futuro; pero cuando no existe un pasado que podamos estudiar con precisión, tanto el presente como el futuro quedan en las manos de aquellos que conocen los secretos de la historia.

Para este ahora, la realidad parece ser algo distante, una meta inalcanzable y fugaz. No se distingue entre la verdad y la mentira. Incluso el proceso de introspección se vuelve sospechoso; porque el condicionamiento al que ha sido sometido el Ser es indisociable de la capacidad que este posee para tomar decisiones y analizar por sí mismo.

Si notamos entonces, la herramienta que utilizamos para comunicarnos y de cierta forma, para pensar; ha sido esclavizada por estos agentes del mal, resulta casi imposible el distinguir la luz de la sombra. Presos en sus propias pieles, en sus propios pensamientos, así transitan los humanos el día a día.

La piedra de Rosetta ha sido incautada. No se puede mostrar al mundo la llave que abre un candado tan importante. Aquellos profesores y traductores olieron de inmediato el desbalance. Ellos plantean que podemos volver a Rosetta y liberar los seres del mundo. Verbo tras verbo, adjetivo tras adjetivo, oración tras oración, signo tras signo, párrafo tras párrafo, diptongo tras diptongo, hiato tras hiato, polisílaba tras polisílaba…

A través de esas obras ejemplares, el Ser puede volver a renacer. A través de libros que liberan el pensar y nos instruyen en el arte de criticar, de alimentar la imaginación, el Ser puede trascender.

Las ventajas de un cerebro bilingüe son innumerables. Lo que sí sabemos a ciencia cierta, es que mejora la capacidad cognitiva del individuo. Esto significa que la capacidad de razonamiento se incrementa. Por esto, los mlejnistas atacaron enseguida los idiomas, y transformaron el mundo en una monotonía lingüística.

Pero la piedra de Rosetta es la prueba, la prueba de que podemos resurgir aún más fuertes; pero para esto, necesitamos un esfuerzo colectivo consciente e inconsciente como lo plantea Jung. Esa parte inherente que compartimos con nuestros ancestros, nos puede deparar en la restauración del Ser. La genética nos indica que somos seres que comparten una historia, y esa historia ha sido pasada de generación en generación. Sólo basta con que esta generación comience un proceso de autoconocimiento y autotrascendencia. No hacen falta liberadores, ya los libros están escritos, y el cerebro puede, si se encaminó hacia la no sapiencia, despertar del limbo en que se encuentra, y comenzar el viaje quixotesco hacia una trascendencia kafkiana.

RAYUELA

Con frecuencia se piensa que *Rayuela* se origina luego de *El Perseguidor*, pero en realidad, la novela se concibe cuando Cortázar escribe *Las Babas del Diablo*. El sentido de búsqueda nos acerca más a la ficción que a la realidad. Aunque sí existe una realidad innegable dentro de cada capítulo de la novela.

El juego siempre ha estado presente en la obra cortazariana. Pero como modo de seriedad como ya ha mencionado el autor. Como un niño que juega con seriedad al escondite, a saltar un charco de agua, o a llegar al cielo de una Rayuela imaginaria.

Esta afición por lo lúdico responde a la naturaleza del escritor. Toda herramienta es utilizada como una plataforma gigante que gira alrededor de la búsqueda de lo que se encuentra del otro lado de las cosas. Por eso, una foto puede salvar al adolescente que está a punto de ser abusado por una mujer; quien se excita para un otro que se encuentra en un auto; invisible por su puesto, porque la gente dentro de un auto desaparece.

Rayuela es un intento de cruzar el puente entre lo metafísico y lo físico. Lo cierto es que encontramos en *Rayuela*, una comunicación directa con aquel mundo kafkiano que lo metamorfa todo. Los mlejnistas ignoran que, al querer controlar la realidad a través de la ficción, otras realidades y otras ficciones surgen de este deseo de control. *Rayuela* y otros libros, aparecen por este conflicto.

La contranovela brinda las herramientas para que el lector emprenda la búsqueda; esta búsqueda, no es sólo una búsqueda dentro del plano de la novela en sí, es también una búsqueda fuera de la novela y encaminada hacia un descubrimiento como el que inicia esta historia.

El balance que brinda el universo es insólito. Por cada 1000 libros que obedecen al propósito de Mlejnas, aparece uno que nos brinda la posibilidad de entender lo que sucede. Ni Mlejnas, ni los mlejnistas pueden controlar esto; es algo que sucede de forma natural, por los billones de posibles *outcomes* que existen.

Aquel *Behaviorismo Cognitivo* nos enseñó que bajarse en una parada de aquel tren, supone despertar a la trampa de los que controlan el juego de la vida. Y a sí mismo, a través de otro juego, la realidad se nos muestra como una Totalidad que nos trasciende.

Cortázar escribe bajo el hechizo de la intuición. Esa intuición, no es más que el balance exigido por el universo y el metaverso, por la invasión de Mlejnas en la realidad. Cortázar sabe que lo que escribe le trasciende, y como el mundo y Tlön, cede a Mlejnas sin ser capaz de percatarse de ello, sin un raciocinio que le permita discernir entre la ficción que crea, y la ficción que le impulsa a crear.

Alguna vez Cortázar dijo en una entrevista con Joaquín Soler, que sentía que sus historias se las dictaban antepasados o alguien de algún otro plano. Esto es lo más cercano a un encuentro de frente con

Mlejnas, como lo tuvo Kafka. Kafka lo entendió un poco tarde, Cortázar sabía que algo le rondaba la espalda, pero nunca pudo determinar a ciencia cierta lo que era; lo que le impulsaba a escribir una página tras otra.

Rayuela no es el comienzo de la invasión a la obra cortazariana por Mlejnas. Esta invasión se propaga en muchos de sus cuentos. Como en *Casa Tomada, La Noche Boca Arriba, Lejana, Continuidad de los Parques, La Puerta Condenada, La Isla a Medio Día, Todos los Fuegos el Fuego, El Perseguidor, Las Babas del Diablo*, entre otros cuentos fantásticos.

Otro libro que surge de forma directa de este trance literario, es *Historias de Cronopios y de Famas*. Cortázar alude a la invención de este libro y de sus personajes centrales. Pero antes de explicar, dice que cuando se le pide alguna explicación sobre lo que él escribe, es "a pura pérdida"; porque hay cosas que ni él mismo se las explica. Cortázar dice que vio unos globos flotando en un teatro, y que esos globos eran los Cronopios, que llegaron así, con su nombre ya dados.

En la ficción dentro de la metaficción, los Cronopios son aquellos quienes no saben que viven la verdadera realidad. Los Famas son los que controlan la realidad. Y las Esperanzas son aquellos que no pueden controlar la realidad, pero tampoco pueden acceder al mundo de los Cronopios. En este sentido, el libro es una alegoría a la intervención de Mlejnas en la realidad.

Rayuela entonces es la conclusión de toda una obra que siempre ha estado en una búsqueda incesante por encontrar lo que está del otro lado: **"No creo que sea demasiado fácil sintetizar algo, que de alguna manera es la experiencia de toda una vida, y la tentativa de decirla, de llevarla a la escritura"**. Con esta frase, Cortázar vuelve a advertir lo difícil que es explicar la Totalidad de su obra.

Si se presta atención a como utiliza Cortázar la palabra: "tentativa", se entiende que siempre existe una separación entre el autor y un entendimiento claro de lo que ha logrado con sus libros. Cortázar entiende que *Rayuela* busca despertar a los lectores, que, desde el comienzo de la novela, hay una "tentativa" de que "la actitud del lector que lee novelas se modifique". Muchos lectores sintieron, según Cortázar, que se les reclamaba una participación mucho más activa. Esto no es más que buscar despertar el pensamiento crítico en los lectores, para que despierten a la realidad a través de la ficción.

Rayuela es un libro que va "al fondo de la negación de la realidad cotidiana, y de la admisión de otras posibles realidades, de otras posibles aperturas".

Aquella continuidad que va mucho más allá de los parques, los hilos de la virgen que también se llaman babas del diablo, eso que toma la casa y que se encuentra detrás de una puerta condenada, lo lejano que siempre está cerca y atraviesa la noche boca arriba al ritmo de un perseguidor que llega a una isla a medio día, y el fuego que es todos los fuegos; hacen de lo lúdico una tentativa de trascender lo cotidiano, de resurgir y despertar de la metaficción, de lo que invade al Ser y le condena a una ignorancia eterna. Aunque *Rayuela* haya nacido bajo ciertas condiciones influenciadas por Mlejnas, el balance que demanda el metaverso la convierte en un escalón que no se rige por una fuerza o ausencia de fuerza gravitacional.

EL DIÁLOGO

—La sociedad se ha ido a la mierda. Sería mejor que un hoyo negro nos tragara —dijo mientras servía las dos copas de vino.

—No hay necesidad de exagerar.

—Exageración es una palabra que ha perdido todo significado.

—Siempre podemos reinventarnos.

—La reinvención es algo que amerita la humildad, reconocerse capaz de cambio bajo un entendimiento mayor. La reinvención actual sólo justifica lo vano. Nos reconstruimos sobre la base de una trascendencia negativa.

—El Ser puede trascender su propio Ser.

—Pero eso es una tarea que pocos logran. Entonces, si la mayoría es una escoria que sólo vive del entretenimiento, significa que el por ciento más alto nos arrastra como especie.

—Se arrastran ellos. Es un pesimismo extremo el que te agobia.

—Yo diría que es un pesimismo auténtico.

—También la Inautenticidad genera Autenticidad.

—Es un hecho; pero he planteado la realidad tal y como se presenta.

—La realidad nos engaña.

—No la que se muestra fenomenológicamente.

—¿Prefieres el exterminio?

—Prefiero el fin al absurdismo.

—¿Con un absurdismo mayor como respuesta?

—Con una respuesta mayor que el absurdismo.

—La esperanza es inherente a nuestra naturaleza.

—La esperanza es una invención nuestra.

—Pero existe.

—No. No existe lo que no comprendemos. Sólo el entendimiento crea la existencia.

—Se puede existir sin pensar.

—¿Se puede?

—Incluso Descartes es prueba de ello.

—Claro, también el existencialismo es un humanismo; pero, ¿qué tan auténtica es esa existencia que no sabe que existe desde un entendimiento auténtico?

—Es y se acabó.

—Es, ¿pero está?

—Ser, es ya estar.

—No, ser es ser, estar es estar.

—Se es y se está al mismo tiempo.

—Para que el Ser sea, debe haber una consciencia de ser y de estar. El pan no sabe que es, pero está. De esa forma, la mayoría son panes que se los come la ignorancia de no saberse a sí mismos libres.

—Ya que citas a Sartre. Él dice que estamos condenados a ser libres.

—"Y que es el torturado…" eso es un 50% correcto. También quien le tortura es libre, y me da la razón en que esto se fue a la mierda.

—Existe en todos, la capacidad de cambio.

—¿Qué hemos hecho con ese cambio?

—Reconozco que no vamos bien, pero podemos mejorar.

—¿Cuándo? ¿Dentro de 1000 años? ¿No entiendes que ya el pasado nos condena?

—El pasado es el pasado.

—El pasado es todos los tiempos, somos pasado y futuro; porque en el presente nunca estamos.

—Por eso hablaba de reinvención. ¿Por qué la destrucción?

—Es lo que somos.

—No siempre.

—¿Aludes a momentos?

—Aludo a la verdad.

—Palabra ya extinguida.

—¿Postmodernos?

—No, ya sobrevolamos el postmodernismo.

—Fragmentas de todos modos.

—No existe la necesidad.

—¿Hegel?

—Why not?

—No todo es un triángulo que deconstruye.

—Pero sí una Totalidad.

—Es entendible. Pero no es necesariamente una Totalidad hacia lo vano.

—Hacia la falacia.

—Generalizas.

—No hace falta recordar las excepciones.

—Las excepciones salvan la especie.

—Ese verbo es el problema.

—No somos perfectos.

—No pretendo que lo seamos.

—¿Te opones a la esperanza?

—Otra palabra ridícula.

—¡Elabora!

—La esperanza nunca le ha servido a nadie. Es una falsa ilusión, un mamarrachismo absurdo. Nadie, por más esperanza que tenga, podrá manifestar (otra palabra estúpida) lo que desea; tenemos que hacer un esfuerzo consciente y trabajar para lograr algo.

—Pero la esperanza de lograr ese algo cuenta como motor propulsor.

—Lo que cuenta es el empeño, la esperanza no existe. Lo único peor que la esperanza es la fe.

—Entiendo lo de la fe, pero la esperanza es humana.

—Es una invención canallesca, como el tiempo.

—Volvemos a concordar con lo del tiempo; pero, esperar a que algo se cumpla, es importante para el Ser.

—Hablas de la Paciencia como si el 95% la tuviera o conociera lo que significa.

—A veces no hay que entender.

—Sin entendimiento no hay vida.

—¿Está muerto quien no entiende?

—Nunca ha nacido.

—No entendemos por completo el cosmos.

—Y estamos muertos para ese entendimiento vedado.

—El exterminio no resuelve nada.

—¿Y qué resuelve la existencia?

—Quizás esa sea la respuesta, nada.

—Ahora nos acercamos a un posible concordar. ¿Qué te da Nada+Nada?

—Pero dentro de ese limbo, el Ser existe.

—Cree existir.

—¿Simulacro?

—Peor, no tenemos la opción de simulacro.

—¿Y esto que hacemos?

—El peor de los males: Entender.

—Se puede entender que el no destino es el destino.

—¿Para qué? ¿Por qué?

—Porque no pedimos existir, para existir por ese no haber pedido.

—¿Te das cuenta de lo que has dicho?

—No existe otra forma.

—Por lo menos trascendiste lo religioso.

—Hace muchos años.

—¿Y el 90%?

—La excepción, ¿recuerdas?

—Vívido.

—La ignorancia no es razón para el exterminio.

—La razón es la ignorancia ligada al virus.

—¿Somos un virus?

—Claro.

—No concuerdo.

—No hace falta.

—Insultas mi capacidad.

—No. Insulto tu ignorancia.

—Si dios no existe, y nadie es dios, nadie tiene derecho a tomar esa decisión.

—No necesitamos de dios para eso.

—Te adjudicas el derecho.

—Sólo el que ofrece la realidad tal como se muestra.

—Tu realidad no es universal.

—Dentro de la Totalidad, el Ser es universal.

—Hablas de una extinción colectiva como si fuera un juego.

—Sólo nos acercaríamos a nuestro último destino.

—Decisión individual.

—Mismo resultado.

—¿Cuándo?

—Ahora.

—No todo el mundo se convencerá de esto.

—Algo es algo.

—Existe en nuestra naturaleza, un instinto de conservación.

—Debe ser erradicado, ignorado por completo.

—¿Darás tú el ejemplo?

—No, lo daremos los dos.

—Yo no estoy de acuerdo contigo.

—¿Y quién se va a enterar de eso?

—¡Patrañas!

—Dentro de 5 minutos moriremos.

—¿El vino?

—Por supuesto.

—¿Y el resto de la humanidad?

—Vasta con un evento que propulse los demás.

—¿Stevenson?

—Así es.

—No será suficiente con un club de suicidas.

—Quizás tengas razón. Necesitamos algo más grande.
Algo que elimine por completo el universo.

—Alucinas.

—Ya veremos.

—Ya verán, querrás decir.

—Jajaja, cierto.

—Bueno, creo que hasta aquí llegamos.

—Sí. ¿Mañana a la misma hora?

—Seguro.

—Te creíste lo del vino.

—Ni por un segundo, eres un idealista.

LA MUERTE DE EDGAR ALLAN POE

La paradoja es inevitable. Lo real, siempre se ha escapado a los sentidos. ¿Cómo no acercarnos a un entierro prematuro como este? Poe muere con apenas 40 años. Otros 10 años más y hubiera inventado algún otro género literario. Poe muere a esta temprana edad, porque sus cuentos abren una puerta hacia el mundo fantástico, que revela aspectos de la realidad nunca antes vistos. Esto sin duda no era conveniente para los japoneses, quienes entendían que perdían el control de la realidad.

Para 1849, Mlejnas ya controlaba una gran parte del planeta. Este control era posible, sobre la base de distracciones e historias que mantuvieran a los humanos ocupados en una realidad fabricada. Mlejnas entonces ayuda a Poe a crear sus cuentos más célebres; porque el balance que demanda todo sacrificio, es inevitable. Mlejnas se apodera de la realidad, pero no puede sino dejar rastros de cómo lo hace y advertir a algunos pocos, a aquellos pocos que tengan una sensibilidad mayor, que lo que controla la realidad, es algo mucho más complejo que la naturaleza misma.

Existen muchas teorías sobre la muerte de Poe. Pero el lector atento entiende que Poe fue asesinado por Mlejnas. Para ese entonces Mlejnas tenía miedo de perder el control de todo; pero unos años más tarde, entendió que la estupidez humana estaba en ascenso y se decidió no prestar tanta atención a las anomalías que surgían con los años. Incluso se burla de la humanidad cuando coloca en *1984* la siguiente oración: *"We can grant them intellectual freedom, because they have no intellect."*

La muerte de Poe representa la muerte de todos los escritores que buscan liberar los cerebros dormidos. Es el comienzo, hacia el pasado y el futuro, del control de Mlejnas sobre la realidad. Mlejnas se percata de que Poe ponía en peligro su existencia; entonces utiliza a un rival y contemporáneo de Poe para robarle la última novela en la que trabajaba. Esta novela tenía un efecto directo en la corteza frontal y prefrontal de los lectores; que provocaba la creación de nuevas neuronas que podían resolver problemas abstractos y adherir el resultado a la realidad.

Los cuentos de Poe también tienen un efecto similar; pero en ellos la conexión no es tan directa como en la novela. El lector debe trabajar más para poder adquirir el resultado deseado. En *The Cask of Amontillado*, Poe transmite al lector el sufrimiento de una venganza macabra; pero esta venganza, termina siendo una forma de darle la bienvenida al mal. Cuando se sucumbe al mal, el recuerdo de ese mal nos acompaña por siempre.

En *The Murders in the Rue Morgue, The Mystery of Marie Rogêt y The Porloined Letter*, Poe conecta con el lado analítico del lector, lo transporta hacia un mundo donde el pensamiento crítico se vuelve vital para el descubrimiento de la verdad. C. Auguste Dupin se convierte en el catalizador que impulsa las conexiones neuronales que permitirán un desarrollo cognitivo que puede alcanzar una trascendencia mayor.

En cuentos como *The Fall of the House of Usher, The Tell-Tale Heart, The Black Cat* y *The Facts in the Case of Mr. Valdemar*, Poe nos acerca a la muerte para también acercarnos a la realidad de la vida. La muerte, siempre nos ofrece una definición mucho más cercana de cómo la vida nos afecta y de cómo el cosmos se mueve hacia una infinitud de la que carecen los humanos. Los sinónimos son inexistentes, pero los antónimos, exigen otro tipo de mirada, una mirada sartreana que se apodera del yo y del otro; donde la cosidad reaparece como una narración incesante que se apodera del receptor. Los antónimos entonces, son parte esencial de su otra mitad. Son necesarios para una explicación completa del primer término. Poe entonces nos lleva al entendimiento de la realidad, a través de la ficción. Algo que Mlejnas siempre ha detestado, es a los escritores que fomentan en los lectores, algo que va mucho más allá del placer de la lectura: el despertar de las consciencias.

En *William Wilson, The Man of the Crowd* y *The System of Doctor Tarr and Professor Fether*, Poe nos adentra en un *reverse phycology* que abre los sentidos hacia infinitas posibilidades dentro del mundo del engaño. Vuelve a dar en el clavo, vuelve a percatarnos de que la realidad siempre es una construcción del sujeto; como en *Las Ruinas Circulares*, el hombre que sueña es soñado por otro que a su vez es soñado por otro... Esta tarea infinita de sueños, refleja el poder que tiene Mlejnas para crear ficciones dentro de ficciones y sobre metaficciones que son casi imposibles de penetrar; con la sola finalidad de que el sueño sea una pesadilla disfrazada de sueños falsos.

Ahora el lector comprende mejor, porqué había que eliminar a Poe a sus 40 años, porqué debió pasar miles de vicisitudes e inclemencias en su vida personal, porqué su carrera militar no fue propicia, porqué lo asesinan… Un cerebro como el de Poe, es un peligro para Mlejnas.

¿Pero acaso muere quien ha influido tanto en el decurso del mundo literario? Conviene recordar que los buenos escritores nunca mueren. Poe, no sólo vive en cada párrafo literario, también interviene en la realidad a través de otros escritores y de la totalidad del decurso histórico.

La paradoja sigue siendo inevitable. Mlejnas camufla la realidad para que se escape a los sentidos; pero en el vaivén del hacha, el árbol descansa; y Mlejnas no puede evitar que aquellos símbolos nos alcancen y nos muestren la posibilidad de cambio, la posibilidad de escuchar el Raven decir: *"nevermore"*, de escapar de las garras del péndulo, de una reencarnación macabra, de la tragedia que se esconde detrás de un retrato oval. ¿Cómo no acercarnos a este entierro prematuro?

Mlej
nas

EL ESCRITOR

Creí que la idea quizás trascendería la ejecución; pero ahora me doy cuenta de que la idea y la ejecución son la misma cosa. Incluso si la idea se torna impredecible, la ejecución la salvará de inmediato. Construir oraciones de la nada es un ejercicio que requiere de paciencia, disciplina y consistencia. Pero también requiere de lectura e imaginación.

Sólo la imaginación puede salvar a un escritor. Sus conocimientos sólo pueden llevarle hasta cierto punto; luego de esto, esos conocimientos tendrán que ser puestos a prueba. Algo mucho más difícil, es esa creación desde la nada, ese análisis cerebral que puede construir y deconstruir las palabras.

Una concatenación de ideas que se trascienden a sí mismas. La labor es encontrar una salida del laberinto de las palabras. La trama, la idea, el final, todo se concatena cuando los puntos se conectan, cuando cada pieza del rompecabezas encaja con sutileza.

Es evidente que quien escribe no soy yo, sino cada uno de los personajes que figuran en esta novela. Incluso las ciudades, las novelas, los cuentos… todos los personajes han escrito sus historias. *El escritor*, se refiere a los escritores.

Es justo que exprese algunos secretos. La parte de la conferencia de Dawkins, bueno, la escribí mucho antes de haber asistido. El tiempo es inexistente de todas formas, así que no importa.

Ahora me voy a acostar, mañana hay mucho por hacer…

Hoy es mañana. Mañana es ayer. Sobre la melodía de un jazz en el background, el escritor moldea sus ideas y las plasma a través de una trascripción meticulosa. Ordenar las secuencias es siempre un desafío. Atender a la parte universal del lenguaje, a sus raíces y sistemas culturales.

La realidad es que no sé cómo proseguiré esta tarea. Los días lluviosos son cada vez más frecuentes, pero no encuentro en la lluvia ninguna razón para seguir escribiendo, salvo la que impone la historia de forma natural. Leer entonces me encuentra, me anima, me sostiene. Al leer encuentro ideas que me pueden servir como guía. Pero esas ideas tengo entonces que trascenderlas, tengo que utilizarlas como ingredientes de un plato exquisito que necesita de la Totalidad para concretarse.

Ahora tengo el inconveniente de no haber encontrado la última ciudad. También es posible que agregue otra novela o algún cuento para romper la cadena. Aún no me decido en qué va a parar la historia de la prostituta. En el escritorio me acompañan Galileo, Han, Borges, Dawkins, Harari, Márquez, un método de latín, Hegel, Wilde, una enciclopedia filosófica, Bregman, *The Illiad*, Nietzsche… La novena de Beethoven mueve el ritmo del teclado.

Mi *playlist* siempre comienza con *So What* de Miles Davis. Las palabras encuentran su fluir a través de la música. En realidad, existe una musicalidad dentro de las palabras, dentro de las oraciones, los párrafos, las páginas… Cada vocablo se rige por esta musicalidad. Por eso no existen los sinónimos, porque cada oración pide las palabras que encajan en el contexto de la Totalidad que se busca expresar.

Escribir es una forma de lidiar con el absurdismo que supone la existencia. El arte tiene la fuerza de renovar la existencia; porque incluso dentro del absurdismo, encontramos sentido cuando nos lanzamos más allá de nuestras capacidades cognitivas, y emprendemos la búsqueda. Escribir, leer, son acciones que nos acercan al entendimiento.

Todo es una historia. Nuestras vidas son historias. El mundo es una historia, el universo… Entonces, el escritor pasa a ser el guía, un guía que nos ayuda a encontrar un sentido mayor que nosotros mismos. Alguna vez se preguntó: ¿Por qué leer?, ahora se pregunta: ¿Por qué escribir? La pregunta ya ha sido respondida; pero dentro del multiverso de esa respuesta, cabe destacar lo siguiente: escribir es sinónimo de libertad; y para quienes huyen de las metáforas y no pueden o no les gusta sostener dos respuestas contradictorias al mismo tiempo, escribir es libertad. Escribir es un acto revolucionario, porque expresa sentimientos, opiniones, posturas… se cuestiona a sí mismo y se trasciende, se equivoca y se corrige, muere y resurge.

En mi caso, escribir va de la mano con el ejercicio, la buena alimentación, la lectura y la relectura. También entran otras, pero estas son inamovibles. No se puede quedar la parte de releer lo que se escribe y de editar con paciencia y cuidado. Entiendo que el cerebro debe estar en forma para la escritura, lo que sugiere mantener una consistencia con los puntos mencionados.

El escritor busca la creación de una obra auténtica. La encuentra en la magia que se despliega de la concatenación de ideas y entendimientos.

Una reencarnación lo sustituye. Se apodera de su Ser otro que dormía en la muerte, que en el pasado imperfecto esperaba ser despertado. Con los atuendos de la memoria, con el respirar de los árboles y la mirada del sol. Así comienza el viaje por guerras mundiales y gobiernos corruptos. La elevada temperatura nos sugiere que pronto tendremos otra más baja, pero el saber siempre es relativo entre lo que se sabe y lo que falta por saber. Una oración puede salvar al Ser, pero el Ser sólo acude a su salvación cuando entiende, cuando se convence de que necesita ser salvado.

No saber de dónde vienen las palabras, de dónde lanzan las historias, puede ser un tranquilizante para el cerebro que calcula. Es mejor entender luego lo que se cuela sin sentido, y encontrar el sentido quizás años después. Otro me suplanta, otro me escribe, alguien reencarna en mis palabras.

CRIME AND PUNISHMENT

*N*otes *From the Undergound* inicia con una confesión tanto del personaje como del propio autor. La nota al comienzo de la historia, nos sugiere que la historia es de carácter imaginaria, pero es seguro que dentro de la sociedad pueden existir personajes como este; debido a la naturaleza de nuestra sociedad. Lo mismo sucede en *The Dream of a Ridiculous Man.* Dostoyevsky nos brinda una entrada inmediata al estado psicológico de sus personajes.

Pero es en *Crime and Punishment* que Dostoyevsky plantea de manera más clara, su teoría del *exceptional man.* Raskolnikov ha escrito un ensayo sobre una supuesta licencia para matar que posee el "hombre excepcional" o el "hombre extraordinario". Según esta teoría, el hombre extraordinario puede no seguir ciertas reglas éticas y morales, si viola estas reglas para un fin mayor que le permita realizar lo que él considera que es lo que el mundo necesita. El hombre extraordinario justifica así cometer algún crimen que le está vedado al hombre ordinario.

Para 1866, Mlejnas se había esparcido por todos los continentes, en especial por toda Europa. Entonces surge una obra, alimentada claro está, por el rastro de la obra de Poe, un hombre extraordinario disfrazado de un asesino. Este hombre extraordinario es quien quiebra la realidad, la moral, y se dispone a trascenderlo todo. Dostoyevsky entendió que no podía hacer llegar el mensaje a través de una ensayística directa que sólo se enfocara en los hechos; también tenía que explorar, y entrenar el estado psicológico de la humanidad.

Este hombre extraordinario, es luego tomado por Nietzsche en *Thus Spoke Zarathustra*, y es trabajado como el *Übermensh*; el *superhombre* que trasciende la pobre mentalidad y los valores cristianos, la mentalidad de la manada, y se coloca en un lugar de trascendencia en cuanto a la simple realidad. Raskolnikov es entonces, un *Übermensh*. El hombre extraordinario se manifiesta a través de otros filósofos y otras obras filosóficas. Luego aparece en el *Dasein* de Heidegger, en *The Stranger* de Camus, en *Being and Nothingness* de Sartre... Sin ganas de aceptar una cronología, también aparece en el propio Sócrates, como un preludio mayéutico de interpretación universal.

Entendemos que Raskolnikov cometió un crimen, y que no se justifica con su ensayo del hombre extraordinario. Pero Dostoyevsky utiliza este recurso para que el lector atento encuentre el sentido dentro de la barbarie. Porque detrás de la ficción, se encuentra la realidad que nos interesa, el entendimiento de Mlejnas como motor gravitacional que succiona la Totalidad.

Mlejnas crea nexos inevitables. La forma en que Raskolnikov confiesa el crimen, es la misma forma en que muchos de los personajes de Poe confiesan los suyos. Los aspectos psicológicos de Gregor Samsa se ligan a la angustia de Raskolnikov. La búsqueda en *Rayuela* es la misma a la que se subscribe Raskolnikov.

Si se comete un crimen, se entiende por esto que se pueden cometer varios. Raskolnikov también mata a la hermanastra de la vieja, porque presenció el primer asesinato. De esta forma justifica Mlejnas todas las matanzas para preservar su poder y mantener el control de la realidad.

Crime and Punishment es un testamento lúcido de cómo actúa Mlejnas; pero también revela más tarde, la imposibilidad de Mlejnas de controlar todas las variables, todos los símbolos. Esto se evidencia a través de la presión psicológica que sufre Raskolnikov, que lo lleva a confesar el crimen.

Raskolnikov entiende que su superioridad radica en su inteligencia, y esto justifica el crimen. Por eso Nietzsche ama tanto a Dostoyevsky, porque valida su teoría del hombre superior a los demás.

La confesión de Raskolnikov es la propia confesión de Mlejnas. El autor nos oscila entre la perversidad y la confesión provocada por el balance requerido para que Mlejnas cumpla con su labor. Un acto inmoral justificado por la superioridad, una confesión justificada por el balance.

Crime and Punishment trasciende al autor, a las épocas, a Mlejnas. La confusión, la paranoia, la angustia y el disgusto que sufre Raskolnikov, nos indican el destino de la humanidad. Estos sentimientos son también vividos por todos en algún momento. Mlejnas no es la excepción. Mlejnas, mientras busca el control universal, se pierde en un laberinto que se alimenta del poder de conquistarlo todo.

En ese laberinto, las ansias de poder se conquistan a sí mismas. Aquella justificación que Raskolnikov encuentra en su ensayo, se adhiere a esa hambre de conquista que Mlejnas busca saciar. Tanto poder ciega, tanto deseo de dominarlo todo, corroe al Ser. Mlejnas podrá ejercer su crimen, pero podemos estar seguros, que su teoría del Ser extraordinario tendrá que rendir cuentas a su propia esencia, creando así, su propio castigo, y su propia extinción.

SUICIDIO COLECTIVO

—Cuando un hombre, por un hecho casual,
o por la síntesis reflexiva de sus descubrimientos
cotidianos, comprende que el mundo está mal hecho,
que el mundo, digamos, es una cloaca,
tiene que elegir entre tres actitudes: o lo acepta,
y es un perfecto canalla como ustedes, o lo
transforma, y es Cristo o Lenin, o se mata.
Señores míos, yo vengo a proponerles que demos
el ejemplo y nos matemos de inmediato.
(—Abelardo Castillo, *Also sprach el señor Núñez*)

La eliminación de un gran porciento de la humanidad era inevitable. De forma especial, aquellos que no dejaban ganancias al plan. Mlejnas apela a la conciencia colectiva, e impulsa, obliga de cierta forma, a que el fenómeno tenga lugar. Inútil sería mencionar fechas que sólo quedarán en el olvido. Recordar el hecho siempre es mejor; aunque la historia nos coloque en algún lugar con referencia al tiempo inventado.

En New York, los cuerpos caían de los rascacielos como mangos del norte y guanábanas del sur. En Aokigahara, los suicidios incrementaron a un 80%. En Oxford, miles se suicidaban en las bibliotecas y librerías, como una forma de encontrar sabiduría en el más allá. En Cuba, Rusia, China y Corea del Norte, el gobierno implementó el "Plan de Liberación Nacional", donde exterminaban a los presos políticos en campos de concentración. En el resto de Europa, se utilizó una técnica más sutil. Se envenenó el agua potable con una sustancia incolora, inodora e insípida.

Todo el planeta experimentó este suicidio colectivo. Los mlejnistas atribuyeron este fenómeno, a la falta de creencia por las personas que cometieron el acto. Demandaron así, un planeta que se refugiase en las leyes creadas para el bien de la humanidad.

Escritores como Stevenson, habían advertido de la posibilidad de un suicidio colectivo. Nadie se imaginaba que sería a tan gran escala. Los mlejnistas tampoco predijeron la cantidad de personas que terminarían por suicidarse. El plan era eliminar un 10% de la población mundial; pero resultó en un 30%. Este es otro ejemplo de que los mlejnistas no controlan por completo a Mlejnas.

Según el señor Núñez, el suicidio es la mejor de las muertes porque quien lo comete, por lo menos sabe por qué se mata. También alude a una revolución negativa, ya que cada grupo se odia a sí mismo, porque quiere superar a su grupo. Con esta idea, Mlejnas consigue el suicidio colectivo, con un autoconvencimiento que no amerita mucho escándalo.

El resto de la población lo tomó como algo normal. Ir a los entierros, llorar a sus muertos… Al siguiente día ya todos estaban trabajando otra vez para los mlejnistas, como si nada hubiese pasado. Era como si nadie se hubiese enterado del exterminio, como si uno se levantase luego de una siesta en un día lluvioso.

El señor Núñez no representa a los mlejnistas.
Representa a quien busca librarnos del yugo de
Mlejnas. Los mlejnistas son los oficinistas de la
pirotecnia; y aunque el señor Núñez no consigue
convencerlos de que se maten, aunque dejó la
revolución a medias, consiguió que su mensaje llegase
a todos lados. Una vez más, Mlejnas no puede
controlar todas las variables, y desde la literatura, se le
escapan verdades que revelan su macabro plan.

THE CHESS PLAYER

Hoy,
Sólo quiero jugar en el tablero vacío,
Del Ajedrez de mi conciencia.
Ya son muchos jaques mate siendo otro.
(—Rogelio Azul, ++ *Lo Que Soy*)

El campeonato entre Fischer y Magnus se llevó a cabo en el 2050; luego de que Magnus derrotara a Capablanca. Los 5 primeros juegos estuvieron a favor del noruego; los siguientes 2 juegos, a favor del americano. El juego 8 tendría un fuerte impacto en el decurso del campeonato. Ambos comprendían que, si Fischer ganaba este juego, era porque habría encontrado una rendija mágica que abría la puerta al reino de Magnus.

La regla principal del campeonato era simple, el perdedor se suicidaría de inmediato. La idea surge del cerebro de un admirador de Zweig, y de su libro *Chess Story*. La locura, o el escape de la realidad siempre ha estado ligada al genio. En ocasiones particulares, la capacidad de invención e imaginación de algunos cerebros es más fuerte e intensa, que el propulsor que pone en órbita la lucidez. Aunque el término *lucidez* es un término ambiguo por naturaleza.

Se entiende que todo narrador es el mismo narrador, que cada conocimiento de la historia es todo conocimiento de la historia. Esto, aunque sin duda alguna justifica la Totalidad de la historia; también se une al hecho de ser cierto dentro del contexto de la novela.

Narrar es escribir, escribir es leer; entonces, el lector escribe lo que lee. Magnus pierde el juego número 8, también el 9, el 10, y el 11. Las jugadas de Fischer son impredecibles; Magnus comprende que, si ha de ganar, debe superar las improvisaciones y jugadas esquizofrénicas de Fischer. Debe también perderse en aquel mundo al que el Dr. B. le temía.

La presión psicológica de la regla del campeonato, comenzaba a afectar más a Magnus que a Fischer. Hace poco se descubrió, que la razón era obvia; a Fischer nunca le importó si moría o no. De todos modos, el juego 12 lo ganó Magnus; pero uno de sus asistentes, cuando le pasó una botella de agua, lo notó distinto, lo notó más distante de lo normal.

El juego 13 fue una odisea. Se tomó más de 15 horas. El juego desde luego terminó en tablas; pero al final, ambos jugadores parecían haber salido de una de las casas de Comala. Cuando el árbitro dijo que el juego había terminado, Magnus y Fischer se miraron por unos 5 minutos, como si aún combatieran en sus subconscientes. Ambos tuvieron que ser retirados de sus sillas y rehidratados de inmediato.

Magnus: 6½ / Fischer: 6½

Las profundidades del pensar sólo son develadas a aquellos que se atreven a explorar sus complejas selvas. Pero existen algunos, que encuentran en una de esas selvas, un lugar de paz, que no logran encontrar en su propia realidad. Es entonces cuando estos cerebros deciden apartarse del mundo de la cordura, o al menos, así le suele llamar la limitación neuronal que abunda en el planeta. Si la cordura es un estado de lucidez; ¿acaso no lo es también una profunda concentración que transgrede los límites del universo?

El Dr. B. prefirió regresar; este no sería al caso (como ya lo habrá advertido el lector atento) de Magnus y Fischer. Cada uno perdido en su selva, busca escaparse de la realidad.

Para el juego 14, dos pistolas fueron colocadas al lado de los jugadores; también los encerraron en una pequeña jaula de cristal a prueba de balas, para evitar contratiempos. El primer movimiento se demoró una hora.

Blancas: *Magnus* / **Negras**: *Fischer*

1. e4   c5
2. Nf3   d6
3. d4   cxd4
4. Nxd4   Nf6
5. Nc3   a6
6. Be3   e6

Aquí Magnus se detuvo a mirar a Fischer por unos minutos. Miró su pistola, miró la de Fischer, y luego volvió la mirada a los ojos lagunosos de Fischer. Ambos parecían comunicarse sin tan siquiera abrir la boca.

Sin detalles superfluos, Mlejnas advierte la posibilidad que teme. De inmediato actúa y ambos jugadores agarran sus pistolas. El mundo mira el acto y se cuestiona, trata de cuestionarse; pero el entendimiento es un ejercicio que requiere de años de entrenamiento arduo para poder concretarse. Ambos se apuntan al mismo tiempo, sonríen, alguien trata de abrir la jaula de cristal, la transmisión no es interrumpida, a nadie le importa el informe del tiempo, una selva es encontrada, mirada alfilada, una torre que se cae, los caballos se recuestan de los peones, alguien dice que era mejor la Ruy López, el mate es inevitable, la otra selva es encontrada, el admirador de Zweig lo entiende, el Dr. B. secunda la idea, los jaques mate siendo otros ya no serán, una cabeza golpea el tablero, la otra le sigue sin demora.

Una secuencia de sucesos es siempre incompleta. Un razonamiento siempre ignora algún detalle. El video fue luego subido a una de esas plataformas que abundan en nuestro siglo. Se atribuye al video, el incremento de suicidios en los últimos años; también, se le atribuye el haber contribuido para que aquel suicidio colectivo tomara lugar. Es común encontrarse con el meme de Fischer y Magnus, sentados frente a frente, cada uno apuntándose a sí mismo en la cien; una sonrisa burlona, sangre en las piezas del tablero, y una pequeña frase que dice: "mi selva me espera".

El jugador de ajedrez, al leer esta última frase, se resuelve a encontrar a alguien que comparta su selva. Para él, las tres selvas eran la misma selva. La del Dr. B., y la de Magnus y Fischer. El Dr. B. jugaba un juego muy diferente al del tablero; lo que significa que ya había entrado en su selva; pero tuvo que salir de ella porque Czentovic no le acompañaría en su aventura.

"Las profundidades del pensar sólo son develadas a aquellos que se atreven a explorar sus complejas selvas", recordó el jugador. Dentro de la capacidad que poseemos para encontrar soluciones y comprender la realidad, nos encontramos de frente con la infinitud del pensamiento. Esta infinitud, supone las infinitas posibilidades que se encuentran en el juego. El jugador quería, debía, encontrar el número exacto de posibles posiciones. Encontrado y memorizado este número infinito, sería invencible. ¿Pero cómo mostrar a su compañero o compañera, esta infinitud a través de un sólo juego?

La memoria se reconstruye cada vez que se evoca un recuerdo. Encontrar una manera de recordar todas las posiciones posibles es una tarea infernal. Una fórmula, una fórmula sería la solución. No lo complacía *El número de Shannon* (10^{120}); pues sabía que sólo la infinitud podía contener todas las variables del juego. El jugador de ajedrez, absorto en su búsqueda, ignora el significado de Mlejnas. No sabe que quizás, el plan sea ese, eliminar a cerebros brillantes. Pero el límite de Mlejnas no le permite acceder a la realidad completa, otra fuerza, rige a Mlejnas y el destino del universo. Trascender los límites del pensamiento tiene sus complicaciones, y es imposible recordar todos los detalles que presenta la realidad.

El cómplice fue encontrado. La búsqueda por el Dr. B. fue intensa, pero en el parque de Manhattan conocido como *Bryant Park*, sentado en un banco, esperaba el doctor con la mirada encontrada en el horizonte.

—¡Siéntate!

The chess player se sentó, colocó el tablero entre ambos, y organizó las piezas con la sutileza con que la cría de un canguro duerme en el saco de su madre. Recordó entonces el último juego entre Magnus y Fischer, y procuró no olvidar ningún detalle; ciertos detalles evitan la posibilidad de algún contratiempo. Jugar en el tablero vacío del ajedrez de la consciencia, siempre fue la premonición de un jaque mate; pero ahora, sin ser otro.

—¿Hace cuánto que me espera?

—Medio siglo. Porque lo vi en tu mirada.

—Fue una gran partida la que tuvo con Czentovic.

—Lo fue, pero él sólo buscaba ganar.

—Es tan limitado ese pensamiento.

—Así es.

—¿Comenzamos?

—No se diga más.

1. e4   c5

EL EXPERIMENTO SOCIAL

*E*l experimento social dio como resultado un experimento global. Yo consisto en adaptarme a cada situación donde el individuo busca placer. Este placer es brindado como una felicidad inauténtica que lo mantiene obediente y trabajando para la mejoría del sistema. Un individuo satisfecho, es un individuo que correrá la voz y atraerá a más individuos que formen parte del experimento.

Mucho antes de nuestro gran triunfo con las redes sociales, teníamos comerciales, películas y productos dedicados al lavado de cerebros. La propaganda siempre fue una parte vital para mantener el control. Aquel estudio del behaviorismo cognitivo, y luego mejorado por la neurociencia y el neurotransmisor dopamina, nos brindaron una apertura al control del cerebro humano.

Las redes sociales nos brindan la posibilidad de alimentar el narcisismo que reside en cada ser. Los filtros, los *likes*, el exceso de comentarios positivos, alimentan el ego y este a su vez crece a proporciones increíbles. Nunca vamos a colocar un botón de porcentaje o de *half likes*, esto significaría pensar, y el sujeto se cuestionaría de inmediato. Es mejor dejar las cosas en blanco y negro, el gris es un color peligroso.

Del cuestionamiento surge la duda en el producto vendido. Si los seres no tienen la capacidad de cuestionar, entonces no tendrán la capacidad de dudar.

Cuando todo marcha bien, nadie se pregunta por lo que marcha mal, que existe en algún lugar.

Saturamos los medios con sexo, drogas, humor, y entretenimiento intrascendente. Nada que provoque una Angustia que pueda cuestionar o que despliegue incertidumbre. La Angustia es la madre de todo despertar.

Le llamamos experimento social en caso de que el plan callera en las manos equivocadas, pero en realidad, cuando se analiza con detenimiento, hablamos de *control social.*

Una parte vital es la tecnología. La tecnología nos permite espiar a tiempo completo. La vendemos como algo necesario, como una arteria más que el cuerpo necesita para poder funcionar de forma correcta. También creamos la necesidad de trabajar. A través de la muerte, incentivamos al mundo.

Cuando creamos las religiones, vimos un aumento de un 70% en esclavos de todas las partes del mundo. Notamos que diferentes partes del mundo tenían tendencias psicológicas diferentes; entonces creamos religiones diferentes para suplir la demanda del planeta. Crear una autoridad inalcanzable, que sea un ser supremo y que todo lo pueda, nos brindó la oportunidad de completar nuestra misión. Yo como mlejnista puedo afirmar, que, si hemos logrado el control total de las masas, es gracias a las religiones. Nada mueve la realidad, como lo hace la ficción.

La literatura basura llegó con la falta de intelecto. Un mundo sin la capacidad de pensamiento crítico, es un mundo que no puede digerir obras profundas. Creamos entonces escritores repetitivos y que sólo despierten morbo. Estos escritores tenían como misión, brindar combinaciones de palabras que no fueran difíciles y que no necesitasen de un profundo entendimiento o análisis.

Los libros educativos también fueron moldeados para ajustarlos al plan. En las escuelas y universidades enseñamos lo mínimo. El estudiante no debe cuestionar mucho, debe recibir lo que el profesor le da y no cuestionar su autoridad, es un reflejo de las religiones; pues cuestionar a los que están a cargo es un sacrilegio imperdonable.

El exceso de positivismo llegó de la mano con la tecnología. Hoy en día tenemos a millones de personas que sólo ven lo positivo de las cosas. Esto en realidad nos ayuda bastante, pues en la disconformidad se encuentra la duda, y no queremos que duden, queremos que estén contentos y sedados.

El abuso de las drogas y de los opioides nos brinda un control mayor sobre el individuo. Sin la necesidad ya del control psicológico, las drogas controlan al individuo desde su sistema nervioso.

Nuestro experimento social ha dado como resultado a un mundo vacío que no busca más que sobrevivir y consumir. El consumismo, sobre todo de objetos innecesarios, crea la falsa idea de posesión, cuando en realidad, nosotros somos los que poseemos a la humanidad y dictamos las reglas. Ellos son los poseídos. El mundo es Mlejnas. El mundo se rige por la falsa ideología del pensar; pues muchos creen que piensan porque tienen la habilidad de entender el resultado de 2+2. Ese resultado no es más que la falsa libertad brindada por Mlejnas para alimentar el ego a través de la ignorancia.

En un mundo donde las necesidades son suplidas, nadie se queja, nadie piensa, nadie se alborota, nadie se angustia. En un mundo donde el placer controla los cerebros, los que nos dedicamos a crear este tipo de experimento social, sólo tenemos que sentarnos a esperar. ¿De qué vale la libertad de pensamiento, cuando ese pensamiento no puede llegar a realizarse? ¿De qué vale saber leer y escribir, cuando el entendimiento es una quimera que abandonó el Ser hace siglos?

100 Años de Soledad

Luego entendemos, que Macondo y Comala son dos hermanas que se alimentan la una de la otra; aunque una se haya creado primero que la otra. Macondo y Comala representan la historia no sólo de Colombia y México; sino la historia de todos los países latinoamericanos y su lucha ferviente contra las invasiones extranjeras. También nos encontramos con las culturas y supersticiones típicas de estos pueblos; consumando así el realismo mágico del que tanto se ha hablado y el que muy pocos entienden. Dentro de los mitos, se encuentra la fiel creencia del ciudadano que ha sido olvidado por el tiempo y el espacio, por el mundo y la civilización. Obligados a sobrevivir, las estirpes condenadas a 100 años de soledad, y a convivir con sus muertos, encuentran paz en el refugio de su viva imaginación.

El deseo de Márquez de crear una novela auténtica, logra su cometido cuando somos capaces de colocar a *100 Años de Soledad* al lado de cualquier obra literaria de calidad, y logra caminar de la mano con dicha obra con toda naturaleza. Esos 100 años vienen a conectar una cronología que se extiende por generaciones. Los Buendía, encuentran al fin su destino final. No el de la abolición de Macondo, sino el del presagio que anuncia el fin del mundo.

"Muchos años después…" aquí Mlejnas no puede evitar la predicción de Márquez, tan clara como la numerología que hemos observado en Mlejnas. Lo mismo nos indica *Crónica de una Muerte Anunciada, El Coronel no Tiene Quien le Escriba* y *El Amor en los Tiempos del Cólera*.

Estas historias justifican la pérdida de control de Mlejnas por algunos de los símbolos que intervienen en la realidad. "Macondo era entonces una aldea de veinte casas de barro y cañabrava construidas a la orilla de un río de aguas diáfanas que se precipitaban por un lecho de piedras pulidas, blancas y enormes como huevos prehistóricos." La viva imaginación de Márquez, al compás de una realidad ya alterada, le dan a la obra un tono de historia bien acabada. La novela aún no empieza, y ya nos enteramos de que la realidad ha sido quebrada y desde un punto universal, no podrá ser vista de la misma forma de ahí en adelante.

Macondo no es sólo un lugar aislado del mundo y la realidad. Macondo responde a una tendencia universal, responde a la conquista de los pueblos por aquellos que tienen el poder de conquistar y colonizarlos. Pero en esos fusilamientos, violaciones a civiles inocentes, tomas de tierra, saqueo de oro, petróleo y cuanto mineral costoso se encuentre; el conquistador debe también evitar el no convertirse en esclavo de sí mismo. Esta batalla muchas veces la pierden los hombres y mujeres que se dedican a este tipo de empresa.

La historia siempre encuentra una forma de resurgir. Es parte de su propio devenir histórico. Lo anuncia con la lluvia, con la gravedad, con las piedras pulidas, con la metamorfosis que nos depara en una nueva realidad, con los tomos, con los daimios que los protegen; lo anuncia con el pestañar de una prostituta.

El nexo entre Castro y Márquez, no sucede por casualidad o por ideología política del escritor; tampoco que *100 Años de Soledad* se haya publicado a sólo 4 años de la publicación de *Rayuela*, o que Cortázar haya apoyado a Castro y a los Sandinistas hacia el final de su carrera. Esos 100 años de soledad que hemos esperado para que aparecieran los 100 tomos de Mlejnas, fueron utilizados con mucha sabiduría por los mlejnistas. La paciencia que mostraron se ha visto reflejada en el control que poseen.

Sabemos que, en 1615, Mlejnas nace de la ficción; pero no podemos descartar los eventos ocurridos antes de esta fecha. Platón ya hablaba del mundo de las formas, los presocráticos como Heráclito y Parménides diferían en sus posturas de los siempre cambiante y lo que nunca cambia; pero, ¿y si las dos al mismo tiempo son posibles? Todo indica que Mlejnas ha actuado en la realidad mucho antes de 1615; por eso las estirpes condenadas a 100 años de soledad aún no tienen una segunda oportunidad. ¿O si, por el contrario, el nacimiento de Mlejnas provoca una invasión de la ficción que no se rige por el tiempo inventado por los humanos?

Sabemos que Castro no contaba con los tomos luego del golpe de estado a Batista, pero ahora sospechamos esta teoría; al parecer, para 1967, ya había por lo menos un tomo de Mlejnas en Cuba. ¿Cómo entonces, puede Borges escribir al aire libre, los nombres de Tlön y Mlejnas, sin que esto le traiga alguna repercusión por parte de los mlejnistas?

Aquí se cumple lo que Orwell predice en *1984*, *"we can grant them intellectual freedom because they have no intellect"*. Borges entonces manifiesta lo que toma el control de la realidad en una ficción. ¿Quién se detiene a pensar en que la ficción muchas veces trasciende la realidad? Entendemos al fin, por qué Borges nunca ganó el Premio Nobel. Los mlejnistas le temían a algo que no temían de Márquez; porque, aunque *100 Años de Soledad* sea una obra que revela la verdad sobre la realidad fabricada, no expresa con total exactitud y profecía el plan de Mlejnas.

153

"I have come to the conclusion that one of the most important virtues is knowing how to distinguish the truth and accept it; even when it comes from pride or lack of management of emotions."

EL CIENTÍFICO

Hemos llegado a un trastorno autoinmunitario del planeta y del universo. A esto se le añade la entropía que hemos observado durante los últimos 100 años, y una gravedad cuántica que busca expandirse con la ayuda de una *string theory*. *Dark matter* and *dark energy*, ya no se mueven hacia la acelerada expansión del universo, sino hacia el sentido contrario.

Es evidente que nos conducimos hacia un *quantum vacuum state*. Lo que comienza en 1605 y se dispersa hacia el futuro y hacia el pasado al mismo tiempo, concretándose en 1615, con la aparición de Mlejnas, cuyas propiedades son atemporales; entrará en un estado vacuo infinito donde las partículas físicas serán inexistentes. Se dice que las ondas electromagnéticas y algunas partículas pueden existir en esta vacuidad; lo que nos dice que la nada encuentra un lugar donde existir, luego del cese de la existencia como la conocíamos.

La manzana de Newton cae con dirección al espacio. El regreso de todas las fuerzas del universo hacia su origen, nos depara en la *Theory of everything* que Mlejnas inició sin percatarse.

Unir la *general relativity* and *quantum mechanics*, siempre fue un problema sin resolver para la física. Ese problema encuentra su solución cuando la gravedad une a todas las demás fuerzas en una sola, y el universo se contrae a una velocidad cósmica.

A veces el entendimiento nos llega un poco tarde. O quizás nos llega cuando tenía que llegar. Aún no entendemos el sentido de la existencia, aún no entendemos el propósito de ser seres existenciales que llegan de la nada y vuelven a la nada; y de repente queremos entender la vastedad del universo y todas sus interrogantes. Es uno de nuestros defectos más obvios, el querer saltar prioridades y esperar que esto no tenga alguna que otra repercusión.

El trastorno autoinmunitario se carcome a sí mismo desde sus entrañas. Desde que surgimos como especie, nos hemos conducido hacia la extinción total. No basta una inteligencia primitiva para asegurar la supervivencia de una especie; se necesita una trascendencia que propulse esa supervivencia. Una trascendencia del Ser y no de puros instintos carnales.

Las partículas subatómicas encuentran su significado más profundo, cuando la trascendencia que buscamos las alcanza y las moldea. Encontrar un camino que nos lleve a estas partículas invisibles para el ojo humano, pero que se regeneran como las neuronas, nos puede llevar a un entendimiento mayor del mundo y del universo; incluso cuando el destino ya esté trazado.

Mlejnas controla desde el cerebro; esto significa que la batalla en contra de Mlejnas también tiene que surgir de un esfuerzo consciente neuronal. Trascender toda creencia improbable del mundo, olvidar las tradiciones, contrarrestar las culturas, eliminar los sesgos, borrar los estereotipos, se presenta como una urgencia.

A nadie sorprenderá, que un libro haya sido capaz de generar trillones de sub-historias que se expandieron a través del mundo y del universo. Todo, absolutamente todo, es el resultado de la imaginación. Pero esta imaginación cobra vida, cuando se apodera de la realidad. Ya no tomamos decisiones desde la imaginación, porque la imaginación es la realidad, tomamos decisiones desde la realidad misma, que tiene su origen en la imaginación.

LA CANCIÓN

Inevitable Realidad

Nací de la nada,
Crecí con dolor,
Sin tiempo ni oficio,
Sin luz ni temor.

Viví entre los egos,
Que abundan aquí,
Encuentro refugio,
En verlos morir.

Coro:
Habito en las sombras y en el miedo,
Narciso me ayuda a conquistar,
Un mundo que vive de reflejos,
Perdido en su absurda realidad.

Esclavos que ignoran,
Sus propias cadenas,
Dulce vanidad,
Triste condena.

Mitos me alimentan,
Como azúcar al cáncer,
Fusilo con sesgos,
Asesino con arte.

Coro:
Habito en las sombras y en el miedo,
Narciso me ayuda a conquistar,
Un mundo que vive de reflejos,
Perdido en su absurda realidad.

Realidad fabricada a la medida,
Del control y el dominio de los entes,
Páginas muertas me liberan,
Laberinto de un libro inexistente.

THE GOAT
MJ *vs* LBJ

*H*ow can we measure greatness? Existen varias definiciones del término *grandeza*, pero medir la grandeza requiere no sólo de una definición; también requiere de datos que sostengan la grandeza que se define o se busca. La grandeza debe estar libre de *cognitive biases*. Conocer un área o materia en específica, no basta para hacer una crítica sin prejuicios; el crítico debe primero botar la piel del fanatismo, y analizar los datos y los hechos tal y como se presentan, como son, y no como uno quisiera que fueran.

La fama tiende a magnificar las cosas. Para LBJ, es imposible competir con la fama que tiene MJ. Debemos entonces separar el elemento de la fama; total, no es un requerimiento para jugar baloncesto. Si el crítico, elimina todo lo que no tenga que ver de forma directa con el juego, puede llegar a una conclusión más atinada. Entendemos que existen actividades extracurriculares que ayudan a la imagen de un deportista, pero aquí lo que mediremos es lo que sucede en el campo de batalla.

Russel tiene 11 anillos y no figura en los preferidos para ser el GOAT. Entonces los anillos se van por la borda. Ganar cuenta, pero, ¿qué es ganar? ¿qué es perder? ¿vale más perder en las finales que perder antes de las finales? ¿qué dice del carácter del jugador cuando pierde y vuelve y gana? ¿cuenta que se ganen con equipos diferentes, donde la receta no es la misma y el sistema hay que volverlo a crear, cuenta esto como grandeza? ¿no haber perdido en unas finales, lo dice todo? ¿la longevidad, cuenta? ¿retirarse y luego volver, cuenta? ¿dar puñetazos a un compañero, es sinónimo de GOAT? ¿qué hubiese hecho MJ con los equipos que jugó LBJ, y viceversa?

La vastedad del universo tiene infinitud de vertientes. En una de esas vertientes opera la fuerza que actúa con el sólo propósito de dominar la realidad. El debate es extenso; pero este tipo de debates, si notamos, se extiende mucho más allá del baloncesto. En football, beisbol, boxeo y otros deportes, nos encontramos con estos debates que si bien son interesantes; también nos alejan de la realidad.

Mlejnas opera entre la distracción y la falta de conocimiento. Un debate entre humanos que se dedican a lo mismo; se presta de forma perfecta para que el cerebro no esté atento a los cambios. Aquellos pasajeros del tren que flotaban, sólo pueden ser vistos por quienes cargan con una sensibilidad mayor a la del Ser común; se requiere de cierto nivel de autenticidad para poder captar lo que sucede.

Los dos tienen personalidades opuestas. MJ no conocía de amigos, LBJ establece amistad con todo el mundo. La personalidad desde luego, no es un indicador de mejoría en la cancha; pero sí puede agregarle a la grandeza. En esta parte, como en todas, seremos justos. Ambos tienen grandes personalidades. Su majestad nació con el *killer instinct* que el rey tuvo que aprender; pero el rey nació con la virtud de confiar en sus compañeros, cuando su majestad tuvo que aprenderlo luego.

Si buscamos a el GOAT, significa que buscamos a el jugador más completo. Nadie negará, que el baloncesto es un juego de equipo, y que dentro del contexto que se requiere para jugarlo, está el conocer y dominar todas las posiciones y vertientes del juego. Muchos se confunden con esto, y de inmediato dicen que MJ es el GOAT; porque de forma individual, así parece; pero esta es una postura errónea; porque el baloncesto requiere de 5 posiciones diferentes para ser jugado. Nadie gana, si el equipo no funciona como equipo.

Aquí LBJ lleva la delantera; pues conoce y puede jugar todas las posiciones con la misma excepcionalidad. Se dice que MJ fue mejor anotador que LBJ. Esto no es cierto. Los Bulls corrían sus jugadas a través de MJ, lo cual le daba más oportunidad de anotar; también, el único trabajo de MJ, era el de anotar. Ya lo ha dicho Pippen, y la prueba está ahí, que el trabajo de distribuidor era de él, y no de MJ.

LBJ dominó la NBA por más de 20 años, MJ apenas jugó por 15 temporadas. Aquí llegamos a la respuesta de una de las preguntas que hicimos más arriba: la longevidad sí cuenta. MJ dominó por unos 10 años. Entonces, como la longevidad sí cuenta como parte de la grandeza, LBJ gana también esta parte. La hazaña de MJ (y de su quipo), de ganar 6 campeonatos, es una de las mejores en la historia del baloncesto; y si tomamos esto como un calificante de grandeza, MJ gana este renglón.

Los *scoring* y *defensive titles* están a favor de MJ. En su prime, LBJ era tan buen defensor como MJ, pero tenía que balancear tanto los equipos en los que se encontraba, que no podía concentrarse sólo en anotar y en defender. Debemos tener esto muy pendiente, porque otra de las preguntas era, darle a LBJ el equipo de los Bulls, y darle a MJ los equipos con que jugó LBJ.

El lector entiende que ha de terminar esta novela, que el capítulo final será escrito por él. La razón es simple: dados todos los puntos de vista, concluidos todos los capítulos, la urgencia de concatenarlos se apoderará de su Ser. De esta concatenación surge entonces el capítulo final.

¿Qué hubiera hecho LBJ con el equipo de los Bulls? Esto es más fácil imaginarlo, que la pregunta contraria. Los Bulls de los 90's era un equipo perfecto. Era lo que hoy día se conoce como un *super team*. Creo que aquí radica una gran diferencia. MJ nunca ganó un campeonato, hasta que no tuvo a Pippen con él, pero LBJ llegó a las finales con equipos que hoy ya nadie recuerda. Esto significa que LBJ siempre fue el factor más importante. MJ también era el mejor jugador de su equipo, pero no tenía la importancia que tenía LBJ; y esto se comprueba porque necesitó de super estrellas para poder llegar a las finales, y para poder ganarlas.

MJ tomó un descanso del baloncesto; aquí no tenemos mucho que decir; ya que LBJ gana la parte de la longevidad. La longevidad cuenta en el debate, porque no es fácil mantenerse en forma por tan largo tiempo. Se requiere cuidar muy bien del cuerpo y de la mente para esto. Esta parte, LBJ también la gana. MJ tenía unas actividades extracurriculares que le impedían darlo todo en cuanto a longevidad. De inmediato pasamos a comparar qué tan bueno era cada uno en los últimos años de sus carreras. Este renglón también lo gana LBJ. Nunca, en la historia de la NBA, hemos visto a un mejor jugador en los últimos años de su carrera, como LBJ.

Pero Mlejnas hace que una verdad parezca una mentira. Y ante los ojos de muchos fanáticos, MJ es el GOAT. No pueden desligar la fama de MJ del juego. MJ fue uno de los grandes, y si hablamos de un talento individual dentro de un deporte de equipo, MJ gana este renglón. Pero el asunto es que no hablamos de ajedrez, hablamos de baloncesto. Si tenemos pendiente que en el baloncesto tenemos 5 posiciones; entonces entenderemos por qué LBJ lleva la delantera.

Rebotes, asistencias, anotación, defensa, posicionamiento, bloqueos… de todas las posibles variables que encontramos en el baloncesto, MJ quizás gana sólo en anotación y defensa. LBJ puede jugar todas las posiciones, cosa que MJ no puede hacer; incluso, Pippen tuvo que defender a Magic en las finales del 1992, porque MJ no podía con él.

El lector tendrá que trascender este y otros debates de esta índole, si quiere librarse del yugo de Mlejnas. La realidad ha sido fabricada hasta tal punto, que se defienden falacias sin tan siquiera el sujeto enterarse.

Es indudable que las distintas opiniones surgirán. El análisis aquí planteado, busca demostrar lo fácil que pueden ser controlados los humanos cuando se apela a sus emociones. En vez de enfocarse en lo que interesa en realidad, el enfoque se conduce hacia un sesgo de confirmación. Ver sólo lo que nos conviene, o hacer verdadero lo que queremos que sea verdadero, se presenta como otra de las trampas de Mlejnas.

How can we measure greatness? ¿Qué es ganar? Es obvio que perder en las finales cuenta más que perder antes de las finales. MJ es el único jugador que se le celebra haber perdido antes de llegar a las finales. También se le celebra las malas temporadas que tuvo con los *Wizards*. LBJ, hasta ahora, ha llegado a 10 finales, 8 de forma consecutiva. Venció uno de los mejores equipos (el mejor en papel) de la historia de la NBA, en el 2016; recuperándose de un déficit de 1-3.

MJ es un jugador único. Nunca volveremos a ver a un jugador que reúna todas sus cualidades. 6-0 en las finales, esos son los números de donde se sostiene el argumento como el mejor de todos los tiempos. Sin duda un número impresionante, pero no cuenta toda la historia, no habla de sus compañeros de equipo, no dice mucho de las otras 9 temporadas sin llegar a las finales.

Cuando se trata del GOAT, casi siempre se ignora que aún existen jugadores que quizás no han tan siquiera nacido, y pueden convertirse en lo mejor que hemos visto hasta ahora. Este detalle suele olvidarse. Lo mejor es poner un "hasta ahora", como referente de que puede llegar alguien más. Para MJ y para el universo, ese hasta ahora nació en 1984 en Akron, Ohio. LBJ, o como lo dice uno de sus tatuajes: *Chosen 1.*

El debate es un símbolo, es una forma de escaparse de la realidad, pero también es una forma de encontrarse con multirealidades que a simple vista no pueden ser observadas. El lector, como fiel escritor de esta novela, tendrá que decidir el final de este debate, tendrá que trascender el espejo, su cuerpo, el entorno, el tiempo, las invenciones modernas, ir en contra de su punto de vista, volver a deconstruirse. Sólo en la destrucción del Ser, se encuentra una Angustia que puede volver a deconstruir para luego construir desde la auténtica esencia del Ser.

La grandeza no la encontrarás en un debate entre extraños; la grandeza se encuentra en la lucha entre los yos. Trascender "el debate", significa entender que no entramos en él ya ganados; sino, abiertos a las infinitas posibilidades que surgen de la comunicación entre cerebros que entienden, que entender, es uno de los verbos más brillantes que existen; porque sólo los esclavos de la ignorancia, tienen la licencia de descartar los hechos, cegados, por su sesgo de confirmación.

"Cuando se pierde la autonomía,
también se pierde el Ser."

REPÚBLICA DOMINICANA

Siempre le he tenido un gran respeto a los mayores. Creo que la historia nos demuestra, que la frase: "más sabe el diablo por viejo…", es un fiel testigo de los acontecimientos vividos por aquellos que fueron parte de la historia. Su voz, lo recuerdo muy bien, tenía el sabor del pasado y el olor fresco de un tiempo mágico; aunque la sangre siempre fue parte de sus historias.

Yo debía tener como algunos 13 años, cuando empezó a relatar la única historia que le importaba:

Yo fui uno de los elegidos, o más bien, de los forzados, a trabajar para el generalísimo. La tarea era decodificar unos 9 libros que fueron encontrados en el cacicazgo de Maguá. Estos libros fueron escondidos por los taínos durante la conquista española, tras la llegada de Colón en 1492. La masacre a los taínos fue un hecho que hasta hoy tiene sus repercusiones en nuestra cultura. No creas lo que te dicen, yo leí las traducciones de algunos diarios, y lo que sucedió fue un exterminio espeluznante por parte de los españoles.

Luego del primer mes de empezar a trabajar en la traducción de los libros, recibimos una delegación japonesa. Uno de los japoneses, imagino que era el que estaba a cargo, se reunió con Trujillo a solas. Nunca supimos lo que hablaron, pero era obvio que se trataba de los 9 libros.

La sangre corría como el agua para 1955. El país vivía en un estado de pánico y miedo constante. Se pensaba que la masacre del perejil llevada a cabo en 1937, podría repetirse; pero esta vez con el 23% de los dominicanos.

En 1960 se produce un hecho que marcó un antes y un después en la historia de la Republica Dominicana y el mundo. Lo del mundo lo supimos luego, los que sobrevivimos a la dictadura. Las hermanas Mirabal surgen como el resultado de la opresión de El Jefe y de nuestras investigaciones en los 9 libros. Minerva Mirabal tenía a un ayudante dentro del grupo de traductores, quien le suplía copias de las traducciones originales.

Joaquín Balaguer, presidente títere para 1960, bajo la influencia de Trujillo, da la orden. Las hermanas Mirabal son brutalmente asesinadas, haciendo un gran eco en la llegada de los españoles a la isla. 6 meses después, se produce el ajusticiamiento contra El Jefe, quien es asesinado por un grupo de liberadores.

Lo macabro de todo esto, era que una de las traducciones hablaba de este asesinato. Mas tarde entendimos que otros asesinatos también eran dictados por las traducciones de los libros. Los libros se defendían contra cualquiera que los pusiera en peligro.

Renunciar a mi cargo se hacía cada vez más sensato. Pero preferí esperar a que alguna página mencionara a alguien como yo, o a alguien que tuviese un pensamiento similar. El golpe de estado a Juan Bosch en 1963 y la intervención militar estadounidense de 1965, fueron productos directos de los libros, que para entonces ya se les llamaba: Mlejnas.

Las elecciones de 1966 fueron un fraude total, y le dieron la victoria a Joaquín Balaguer. Mlejnas entiende que Balaguer es quien puede mantener el control que necesita. Al mismo tiempo, Mlejnas elabora un plan para eliminar por completo a Caamaño. Este plan surge su efecto en 1973.

La República Dominicana vive períodos sangrientos durante los años del gobierno de Balaguer, quien vuelve a ganar las elecciones en 1986, y gobierna hasta el 1996. Cuando Balaguer sale del poder, los símbolos que aparecieron en Oxford y en Japón, también se dan cita en Santo Domingo.

Yo renuncié a mi cargo en el 1984. Otros compañeros también lo hicieron, pero algunos no corrieron con la misma suerte; ya que fueron encarcelados en La Victoria. Nunca más supe de ellos, sólo que algunos nunca salieron.

En tiempos de guerra, uno debe manejarse con el cerebro y no con el corazón. Mi labor siempre fue a favor del país. Nunca se enteraron, de que yo era quien le suplía las traducciones a Minerva, y que, guardados en mi cuarto, tengo una copia de las traducciones de los 9 libros encontrados en Maguá. De vez en cuando los leo y me entero de algunos acontecimientos venideros.

Pero Mlejnas parece no tener todas las respuestas. Incluso en uno de los libros, se advierte sobre el peligro de asumir un control total del mundo. Lo que sigue no está bien claro, pero la palabra *advertencia* se lee con mucha claridad.

25 de noviembre de 2030
Mao, República Dominicana

UN SEGUNDO

*L*os elementos poseen una comunicación intrínseca entre sí. Basta con una concatenación universal, que asuma el control de la Totalidad, para que se forme una palabra que lo encaje todo. La sola pronunciación de este término, da como resultado la historia de todos los tiempos y todos los espacios posibles.

Un segundo terrestre es suficiente, para contar esta historia. Cuando se entiende a tal nivel de profundidad, se hacen conexiones que a su vez encuentran otras conexiones hacia el infinito, y esto da como resultado, que un término pueda expresar la Totalidad.

El cuerpo humano es una Totalidad. Los tejidos y la sangre conectan todos los órganos vitales, que a su vez mantienen el cuerpo funcionando. Todo se conecta. Pero sólo decir "Totalidad", no implica el todo de por sí, porque este término no se contiene a sí mismo; necesitamos entonces de un término que se contenga a sí mismo y que al mismo tiempo contenga la Totalidad.

Ver algo desde todos los puntos en un segundo, decirlo todo en un segundo, entenderlo todo, olvidarlo todo, trascenderlo todo; supone una fuerza mayor, supone una ultra infinitud que rija la infinitud.

Yo soy ese término que se encuentra en todas partes y en ninguna parte al mismo tiempo. Contarme esta historia en un segundo, me indica que yo sobrepaso los límites del entendimiento.

REPETICIÓN DE UN CAPÍTULO

El lector tiene que traducir mientas lee. Cuando leemos una traducción al inglés de Dostoyevsky; debemos analizar al traductor, la época en que tradujo, sus tendencias, la agenda personal (si la hay). Leer el Dostoyevsky de Constance Garnett, no es lo mismo que leer el Dostoyevsky de Richard Pevear y Larissa Volokhonsky.

De acuerdo con Ricardo Piglia, el mejor lector es el traductor; porque tiene que decodificar lo que lee y trasladarlo a ese idioma nuevo. Esto es correcto; pero también es cierto que el lector debe recibir esa traducción de la mejor manera posible y con los menos sesgos posibles.

Las agendas personales de muchos traductores, muchas veces han dañado los libros de grandes escritores. Cuando digo grandes, no sólo me refiero a los clásicos, sino a todo libro que haya sido escrito por un gran escritor, que muchas veces no son los que han recibido el Premio Nobel.

Benjamin insiste en que la traducción no tiene por qué ser fiel al original, siempre y cuando se busque trascender lo que se traduce. Porque la fidelidad a palabras individuales casi nunca reproduce el significado que poseen en el original.

La traducción entonces es una condición innata del Ser. Así traducimos de forma intuitiva los símbolos, pues de alguna forma, aunque no conozcamos de forma consciente la telepatía del vigésimo tomo;

sentimos la conexión con los símbolos, y sentimos que se aproxima algo inevitable. Ese algo tiene la traducción de una nada que se apodera poco a poco de la realidad como la conocemos. El multiverso no cede porque Mlejnas sea más poderosa, cede porque la voluntad de poder del Ser está en peligro de extinción.

Traducir bien es trascender el lenguaje. El traductor debe encontrar una línea de comunicación entre ambos idiomas, para llegar a un tercer idioma que siempre es diferente a los dos idiomas originales que intervienen en la traducción.

Las palabras, al estar siempre ligadas a una cultura y a una forma de interpretación social, suelen eludir una traducción directa. El lector tiene que traducir entonces el tercer idioma, colocarse en la cultura del escritor, en los sesgos del traductor y en lo que resulta de la mixtura de todos los elementos antes mencionados.

Todo en el mundo existencial es traducción. Uno siempre camina por el mundo, traduce rostros, movimientos, miradas… todo con la finalidad de llegar a una conclusión donde interpretamos todo lo que traducimos. El niño traduce las palabras a su propio lenguaje. Aún no sabe hablar, pero ya entiende los ademanes de sus padres y puede sentir de forma intuitiva si algo anda bien, o si, por el contrario, todo anda mal.

EL POETA

*"Nadie muere en mi mundo de andanzas antediluvianas.
Sólo nos agotamos en el sufrir, y decidimos retornar a la
calma que nos garantiza la nada."*
—Rogelio Azul

Pertenezco a un espacio sin tiempo de cuando el mundo escuchaba a los poetas. Siempre pensé que me suicidaría a muy temprana edad, porque los poetas verdaderos eso era lo que hacían. Luego entendí, que seguir viviendo llevaba a la esclavitud de sacrificar una parte del Ser para poder existir en un mundo donde no se entiende al poeta, o a la poesía. Vivir entonces se ha convertido en una condena mayor que la propia muerte.

Pocos son los poetas que acompañan mi biblioteca. Hoy en día existen los que creen ser poetas por el simple hecho de vestirse de alguna forma, por dedicarse a la bohemia, o por escribir cualquier dolor o imposibilidad. La poesía, es un acto que requiere valor y no busca fama o dinero. El poeta auténtico sabe que la poesía nace de un lugar extraño y poco frecuentado. No es la concatenación de palabras sólo por decir algo, es más bien un sentir que se trasmite a través del Ser.

El poeta sobreentiende, resurge en los versos y vive en un estado de angustia constante. Si el mundo no responde a la imaginación del poeta, que es siempre una idea fantástica y al mismo tiempo arraigada a la realidad, el poeta tiene que construir desde la nada el mundo, tiene que reivindicarlo.

La inmortalidad del poeta auténtico es inevitable. Aunque el poeta hoy sea un animal casi extinguido, la calma que nos encuentra entendidos de Rogelio, se une a la infinitud de andanzas, vertientes, espacios y dimensiones en las que habita el poeta.

La gradualidad avanza hacia el pasado y el futuro. La gravedad interviene y al ritmo de notas musicales nos agobia; es una sinfonía de la muerte con un conductor que no conoce de piedad o de alegría, de guerra o de paz, de odio o de amor. La falta de conocimiento de algunos términos, nos indica la imposibilidad de una empatía que encuentre en sus andares, la compasión.

De cierta forma, concuerdo con Mlejnas. Su belleza poética merece respeto, inspira devoción. Utilizar a los humanos como títeres sin que ellos se percaten del hecho, es una tarea no sólo psicológica, sino también poética. Un poeta nace a Mlejnas, otros la denuncian, otro la destruye, y otro crea el multiverso donde la Totalidad vive y muere en un segundo.

Uno siempre entiende después, el intelecto es limitado cuando se intenta decodificar con rapidez. Como todo lo importante, darle paso al tiempo inexistente y dejar que las ideas fluyan tiene como resultado la serenidad de un pensamiento mucho más atinado. No haberme suicidado fue entonces la mejor de las decisiones posibles; pues nadie muere en mi mundo de andanzas antediluvianas, sólo retornamos a la calma que nos garantiza la nada.

ULYSSES

*U**lysses* nos llega de forma completa, 2 años antes de la muerte de Kafka. Y de alguna forma, anuncia el nacimiento de una nueva forma novelesca. Lo fantástico en *Ulysses*, se muestra de una forma diferente a la de *The Metamorphosis*; pero no cabe duda que la novela está permeada, del mismo agujero negro de donde recibimos lo Kafkaesque.

Ulysses es uno de los ejemplos más concretos de cómo se le imposibilita a Mlejnas controlar todas las variables. Los mlejnistas pueden manipular y adoctrinar, pero no pueden eliminar por completo la libertad artística y la libertad de pensamiento crítico. Joyce se resuelve a escribir una novela donde el eco de Homero siempre está presente; pero la trama es tan original como una memoria que siempre renace.

La tarea de *Ulysses* es la de mantener vivo tanto el intelecto, como la poesía que habita dentro del Ser. Es un llamado al superconsciente; donde Bloom demuestra que un Ser común y corriente puede trascenderse a sí mismo. Esto nos indica la universalidad del poder de despertar. Cualquiera lo puede lograr. También nos indica que lo mundano tiene una gran importancia dentro del campo literario y de la subyugación de las masas.

Bloom no quiere regresar a casa porque sabe que su esposa lo va a engañar con otro. Quiere darle tiempo a que disfrute su infidelidad. Esto se evidencia en el último capítulo, donde Molly expresa en un *stream of consciousness*, todas esas sensaciones, deseos, eyaculaciones, sueños… Volver a casa temprano, significaría eliminar ese último capítulo, eliminar la posibilidad de que Molly sea feliz con otro.

Joyce escribe *Ulysses* lejos de Dublín; pero no se olvida de cada detalle de la ciudad. Joyce escribe la novela antes de que Irlanda se independizara de Inglaterra; de forma simbólica, *Ulysses* viene a liberar a un país, al mismo tiempo, libera el inglés de los irlandeses.

Con frecuencia se alude a la dificultad del libro. Pero pensar siempre ha sido difícil. Joyce responde a los críticos con la siguiente frase: *"If Ulysses isn't worth reading, then life isn't worth living."* Esto responde a que la vida misma es una avalancha de dificultades y de angustias. Pero luego de superadas ciertas angustias, el Ser puede encontrar su libertad, y redescubrirse dueño de sí, sin el yugo de Mlejnas.

La libertad con que Joyce utiliza su prosa, representa de alguna forma la libertad que busca Irlanda. Esto también responde a la urgencia por crear un arte moderno, y una novela donde las palabras cobren vida propia. Por su puesto, otra prueba de esto es *Finnegans Wake*; donde Joyce trasciende el lenguaje de una manera excepcional. Escrita lejos de Dublín, quien escribe es libre de toda prisión estatal o mental. Pero cuando Joyce se decide a escribir sobre personajes dublineses, mantiene la esencia de cada uno de ellos, y de cómo se comportan en su propia tierra.

Joyce ya había escrito un libro de cuentos donde sus personajes eran de Dublín: *Dubliners.* Aquí Joyce explora tanto la conducta de los personajes, como la forma en que son parte de esta ciudad. Bloom es un dublinés común y corriente, un héroe de lo cotidiano. Bloom asiste a un entierro, va a un pub, habla con personas comunes, come una comida común, no se embarca en un viaje peligroso; y su día en Dublín representa todos sus días y todos los días de muchas personas alrededor del mundo.

Nos encontramos entonces, con la raíz de la historia. Mlejnas busca el control total, y este control es ejercido por la monótona repetición de actos superfluos, que se disfrazan de importantes para que Bloom; o sea, la humanidad, crea que su vida tiene importancia y que no carece de trascendencia.

Cuando Bloom se auto-retrasa para no volver a su casa porque Molly le va a ser infiel, se distancia de la realidad, se droga con cualquier cosa; con una excusa, con una bebida, con algún compromiso; todo para no enfrentarse a la angustia que algún día le va a alcanzar. Mlejnas sabe cómo atontar a los humanos. Sabe cómo dominar los cerebros y hacerles pensar que tienen el control; pues los mlejnistas pronto descubrirán, que, si se les permite utilizar a Mlejnas para dominar a los demás, es porque es parte del plan de Mlejnas para un futuro donde la humanidad ya no existe. Aquí no es verosímil lo segundo, pues el descubrimiento no fue consentido por los directores del todavía nebuloso Orbis Tertius; puesto que la fuerza gravitacional de

Mlejnas, es mucho más fuerte que el poder que ejercen los mlejnistas. Y luego entendemos, que incluso Mlejnas, sucumbe a sus propios deseos.

Ulysses es el puente que conecta la tradición con lo moderno. También es el puente entre lo banal y lo trascendental. Es un llamado al pensamiento dormido, a las neuronas distraídas; para que descubran la Verdad de las verdades y vivan la realidad de las realidades; para que desmientan las mentiras fabricadas y salgan de la caverna.

Con la libertad del lenguaje, llega una libertad de pensamiento que nos encuentra atentos y dispuestos. Mlejnas podrá acometer su plan, pero si el Ser logra entenderlo antes de que suceda, y despertar a través de la angustia que provoca la Verdad, la muerte del cuerpo pasa a ser una muerte que se aleja del absurdismo; como el suicida que sabe por qué se mata, como aquel discurso a los oficinistas de la pirotecnia; pues así le hablará el Sr. Núñez a Mlejnas; aunque el arma le sea apuntada a él.

" La belleza se encuentra en las conexiones: la sutileza con que un árbol danza al compás de la brisa, el bien combinar de los sonidos y el tiempo, la concatenación de recuerdos que generan una nueva memoria, La armonía entre palabras y oraciones que fluyen sin esfuerzo, dos cuerpos desnudos, el león que acaricia el suelo al caminar, flores amarillas que esperan pacientes, un té en invierno, el sol que ilumina el pensamiento, una tilde diacrítica, la unión de capítulos que en la primera lectura parecían desordenados y distantes, el abrazo de una madre, la verdad de un amigo… entendemos entonces, que la belleza también requiere de un balance y de un Ser lo suficientemente despierto, que pueda decodificar el mundo para poder ver lo bello; pero lo bello, sólo puede encontrarse cuando quien observa, tiene belleza en su Ser. "

Inevitable Realidad

LA NIEBLA

La niebla comenzó en *Piccadilly Circus* y se propagó por toda la ciudad. Llegó a Hyde Park con una densidad que sólo permitía ver a penas a 20 metros de distancia. Se tragaba los árboles, las calles, los edificios… pronto no sería posible conducir, o distinguir entre una cosa y otra.

Esta condición climática perduró por un mes. Quienes se expusieron a la niebla, terminaron desorientados por el resto de sus vidas. El mundo exigía una explicación del fenómeno; pero el sistema sólo se enfocó en decir que se trataba de una anomalía climática que surgió por la contaminación ambiental.

En el fondo se sabía que la terrible niebla que azotó a Londres, era parte de un macabro plan. Lo mismo sucedió en las Bahamas cuando la temperatura bajó a 2 grados bajo cero; cuando un tornado destrozó a Berlín, y cuando una lluvia de ácido verde pulverizó a una aldea en África.

La niebla es todo aquello que camufla las intenciones de los mlejnistas. Es lo que está a la vista y pesa en las retinas, pero que no podemos descifrar o ver más allá de la confusión. Es esconderse en plena vista.

La niebla fue invadiendo todos los continentes y rincones del planeta. La confusión se apodera entonces de los seres y los hace enfocarse o más bien, desenfocarse, en actividades superfluas que sólo buscan pasar un momento de placer. Pero este placer los deja aún más vacíos de como estaban al principio. Es lo que nunca nos han dicho, que la dependencia nos hace inmunes al propio placer y cada vez necesitamos más y más para poder saciar una sed que sólo se sacia con la realidad, y no con la ficción que ha creado el sistema para controlarnos.

Es tan sencillo como pensar en que existen banderas, himnos nacionales… cada uno de esos emblemas son sólo parte de la niebla, parte de la mentira fabricada por Mlejnas. Cuando alguien llega a la luna y pone una bandera de su país y no una que represente a toda la humanidad, entendemos que la división es eterna.

La niebla divide, nos hace vulnerables y nos conduce hacia una pelea interior y con el otro. La niebla confunde, odia, porque la desconfianza entre los seres es cada vez más aparente, extraña y errada. Confiar ya no es una opción, todos están demasiado ocupados en sus dispositivos electrónicos para confiar en otra cosa que no sea en un algoritmo. La confianza entre seres es una distante utopía que caducó con la muerte del individuo.

Pero la confusión también llegará a los que planifican confundir. También la naturaleza les hará entender que no tienen el control de todo como piensan. Dialogar ya no es posible. Los cerebros ahora están programados para otra cosa. No pueden leer un libro con paciencia, no pueden entender porque no se dan el espacio y el tiempo necesario que demanda el entendimiento.

Alguien sobrevivió a 100 años de soledad, se enfrentó al mar, vio el Aleph en el sótano de la calle Garay, fue un catcher in the rye, fue Jekyll and Hyde. Pero la vastedad del universo no fue suficiente para convencernos, teníamos que ignorar la Autenticidad y seguir por el camino de la destrucción.

Algunas veces, existen palabras que salvan oraciones, oraciones que salvan párrafos, párrafos que salvan páginas, y páginas que salvan libros. La niebla, llega a salvar su propia aventura, una aventura que nos depara en la caducidad.

*"La admiración es como el entendimiento,
ambas demandan acción."*

EL OTRO POEMA

Involución

Ya sí somos sólo nalgas y tetas,
Sólo dinero y prendas,
Sólo likes sin porcentaje,
Una pantalla en decadencia.

Hemos hecho del hambre un deporte,
El plato fuerte son niños a término medio,
Con una salsa de abandono.
El aperitivo fue costillas desnutridas con deshidratación prolongada.
El postre es un esfuerzo consciente,
De bloquearlo todo,
De ignorar los que en este segundo,
Son asesinados por el sistema.

Hemos perdido la noción de lo imprescindible,
Sometidos a una involución voluntaria,
Que nos carcome el Ser.

Crearon el escenario perfecto,
Para la extinción total,
Administraron los recursos con precisión,
Para chocarse con la muerte.

Lo superfluo controla el torrente sanguíneo,
Se roba la dopamina,
Y viola el recuerdo de algún libro auténtico.

Se han auto-cosificado,
Del placer son esclavos,
La ignorancia es rentable,
Exceso de positivismo,
Y un consumismo adictivo,
Que destruye el sentido crítico.

Somos fármacos con piernas,
Opioides con dependencia humana,
Receptores cerebrales sin emisores,
Sobredosis de un tiempo muerto,
Con tolerancia anestésica.

¿Quién niega lo innegable?
Ayer andábamos desnudos,
Hoy somos la prehistoria.
¿Quién refuta lo irrefutable?

Preso el intelecto,
Vacíos los escritores,
Extinguidos los libros,
Renuncian los lectores.

Despreciamos con facilidad,
Lo que en su momento enalteciamos,
¡Oh el idioma!
¡Qué será del idioma!
Lo maldecimos sin sentido,
Como la vida aborrecemos,
El dolor nos guía,
El nihilismo eterno.

Un mojón con más valor que Crime and Punishment,
Hoy la mierda es medicina y pensar una leucemia,
Esclavos pantallescos controlan el devenir.

La fama crea monstruos,
Engaña idiotas,
Nunca ha creado una obra maestra,
Se autoengaña,
Genera dictaduras,
Administra sesgos,
Suprime neuronas.

La involución llega con los mitos religiosos,
Se propaga con el ejercicio político,
Se alimenta de la tecnología,
Avanza con el analfabetismo cultural,
Crece en la ausencia del poeta.

Nietzsche vuelve a acertar,
Con la revaluación de los valores,
Con el Eterno Retorno,
Con la voluntad de poder.

Equivoca idea del éxito,
Transgresión al individuo,
Forma de controlar a las masas,
Asesinos de la libertad.

Abusan de la música,
Con letras intrascendentes.
El arte es nieve en el desierto,
Y un preservativo en el zafacón.
Es una falsa ideología,
Una hamaca sin sogas,
Pornografía de un mañana sin erección.

Las opiniones sobran,
El raciocinio se esconde,
Mitigamos los miedos con sesgos de confirmación,
La soledad y el aburrimiento repelan,
A ignorantes virtuales.
Somos concón desaborido,
Cocos sedientos,
Alambrada sin parcela,
Lluvias triviales que ahogan el intelecto.

Alguna vez se surcaron historias trascendentales,
Se vivió una soledad de 100 años,
Un perfume asesino,
Un extranjero y un Sísifo,
Se vivió una estación en el infierno,
Se mató a un ruiseñor.
Y un viejo se enfrentó al mar.

Hacia el pasado avanzamos,
Perpetua gravedad que nos succiona,
El universo cede,
El multiverso también,
Desaparecemos en un hoyo negro,
Que ignora todas las leyes de la física,
Cuántico espacio sin moléculas,
Sin tiempo que rija el curso subatómico,
De un laberinto infinito de oscuridad,
Quisiera decir que es larga la condena,
Pero en el vasto lugar vacuo y negligente,
Sólo la nada sobrevive.

Poema: Involución
Fecha: 15/08/1984
Lugar: Roma, Italia

WAR,
WRATH OF THE RAGING DEMON

Las guerras mundiales aún continúan. Es imperativo entender, que cada guerra es una guerra mundial. Si existe tan siquiera una guerra en cualquier parte del mundo, significa que toda la humanidad está en guerra. El deseo de poder y de seguir conquistando para tener más poder, desató la última guerra mundial. A esto es lo que Nietzsche llama, la voluntad de poder.

Es estar poseídos por un Satsui no Hado. Es el efecto contrario del bien, que mientras más daño hace, más fuerte crece y más daño busca hacer; esto, ligado con el mal del otro, completa la fórmula destructiva. Akuma encuentra en la guerra interior, la raíz de su poder. El mundo primero lo encuentra de manera individual, y luego lo manifiesta a nivel mundial. El objetivo nunca debe superar a la propia humanidad; si esto sucede, se convierte en una destrucción total del Ser.

Es una condición que abarca siglos. El instinto de preservación ya no es utilizado para salvar al individuo; ahora es utilizado para herir y asesinar. La guerra que tiene sus inicios en el Ser, ahora lo consume y se multiplica. La avaricia, el miedo, y la falta de valentía, nos llevan a la autodestrucción y a la destrucción del otro. Querer ser inmortales, se presenta como una necesidad a los que controlan el mundo; porque, ¿qué más hay luego de conquistar a través de la guerra a los demás, ¿cuál es el paso siguiente?

The wrath of the raging demon surge del deseo de conquistarlo todo. El deseo de conquista se une a una necesidad de aceptación; porque quien conquista quiere un mundo para conquistar, y quiere que ese mundo le celebre su conquista. Es un complejo de inferioridad que se propaga como un virus.

Alguien pregunta: Why? La respuesta es la falta de valentía. Para ser seres buenos y bondadosos, se necesita una gran valentía. Para ser seres que no busquen lucrarse engañando a los demás, se necesita ser valiente. La valentía no provine de matar a alguien o de causar dolor, la valentía proviene de un lugar mucho más profundo y poco frecuentado.

La guerra también es sufrida por cada habitante de Mlejnas; pues en el multiverso, todo se conecta. Son pequeñas y grandes guerras interiores que luego se manifiestan en el otro. Las frustraciones, los deseos incumplidos, el odio, la envidia, todas forman un círculo vicioso que se apodera del Ser.

No es la idea inocente de que las guerras liberan los pueblos. Tenemos que preguntarnos: ¿Por qué hay que liberar a los pueblos en primera instancia? ¿De dónde surge la necesidad de liberación? Los términos esclavitud y libertad nunca debieron existir; lo que nos depara en que muchos términos que utilizamos nunca debieron existir o ser usados de forma consciente. Conocerlos sólo implica la posibilidad de cometerlos de forma tal, que puedan ser utilizados para el mal. O quizás su existencia no sea el problema; es posible, que el problema sea la falta de evolución y valentía para lidiar con tan sensibles aspectos del mundo. Por eso surge Mlejnas, porque hemos construido un Ser sobre una base bastante superficial y errónea, donde una nalga vale más que el intelecto, y un orgasmo fingido rige las leyes dictatoriales que nos controlan.

A raging demon no conoce de piedad. Ni siquiera para sí. Es entregarse a la Muerte como forma de vivir. Se le tacha de hacer un pacto con el diablo. De ninguna manera es esto cierto. El pacto es más bien con la debilidad y la falta de una voluntad de poder bondadosa. El diablo es una figura mitológica que fue creada con el propósito de conquistar a las masas. Esto también surge de la guerra interior de los farsantes que profesan salvación. Es un insulto a la capacidad que posee el intelecto humano.

Entregarse a la Muerte no es el destino final de Akuma. La conquista de la propia Muerte sí. Es un deseo infinito de saciar una sed infinita, y esto se repite hacia el infinito. Si de paso se aproxima la nada, también la nada deberá ser conquistada, él sería la nada y se pasaría a ser el no ser.

Cuando Gouki dice: *"I am Akuma. And I will teach you the meaning of pain!* Entendemos que Akuma también carga con un gran dolor. Sólo quien tiene un profundo entendimiento sobre algo, puede enseñarlo con la maestría suficiente. Ese dolor lo guía y lo consume. Pero de cierta forma, Akuma sólo busca mejorar como combatiente, como forjador de la guerra. Podemos admirar entonces la devoción que demanda esta ardua tarea.

Admirar la disciplina y la devoción con que se ejecuta un proyecto, no es lo mismo que admirar el proyecto en sí. La pasión con que Akuma se entrega a la guerra y a la Muerte, es digna de ser emulada. Si aplicamos la misma disciplina y devoción hacia la paz y no hacia la guerra, seremos inmortales.

De todas formas, el decurso de Mlejnas ya está pautado. El cáncer está en su etapa final. Cuando creemos que tenemos el control total, es cuando la Totalidad nos restriega en la cara nuestra ignorancia. La Muerte no llega a poner fin a algo inconcluso o decadente, no llega porque las guerras surgen su efecto; la Muerte, como todo lo existente, llega porque la naturaleza y el multiverso siempre han sido y siempre serán, un espacio vacuo donde por casualidad hemos sido parte de su historia.

DEVENIR HISTÓRICO

En el plano ficticio se conjugan varias verdades; pero las mentiras fabricadas abundan hoy más que siempre. Es entonces preciso y necesario, la reformulación de los hechos históricos y los presentes. Aunque, si se estudia la historia, también se estudia su devenir. ¿Acaso no deberían ser los rangos más bajos de los ejércitos, los que disfruten de los mejores alimentos? Mejor aún, los ejércitos no deberían existir. Ahora, a través de la capacidad que poseemos para trascender como seres, echamos un vistazo a la Realidad. El lavaplatos devenga el mismo sueldo que el director, los billonarios se unen para acabar con la sed y el hambre mundial, los presidentes no son dueños de esclavos, la plusvalía fue una novela de Orwell editada y publicada 5 años antes de *1984*, la educación del pueblo siempre ha sido el motor de toda propuesta política, sobre la base de aquel filósofo rey de Platón. Las religiones y los libros sagrados forman parte del catálogo de Dante, que, desde luego, fueron escritos por diversos autores, entre ellos: Shakespeare, Cervantes, Galileo (a este le obligaron), Tales de Mileto, y los otros 6 hombres sabios de Grecia; Platón (porque Sócrates prefiere el suicidio antes que vender su Ser), y una antología de Paulo Coelho que ha saturado al mundo de ignorancia y falsas promesas.

En la escuelas y universidades se adhieren materias como filosofía 1.1 hasta 6.4; también, el arte de la ensayística se enseña en el último año de secundaria y se continúa en el plano universitario, reforzada siempre con la poesía y un toque de literatura fantástica del siglo XIX. En el plano laboral, se valora más la cordialidad, la Humildad, el respeto, la lealtad y la decencia. La segunda y la primera guerra mundial, tomaron lugar en *War and Peace* de Tolstoy. Los asesinatos en el sur estadounidense a los negros, continúan siendo parte de *Huckleberry Finn*, *To Kill a Mockingbird* and *Going to Meet the Man*; nadie, en su sano juicio, entiende que el racismo es algo que pueda existir entre seres que poseen la capacidad de raciocinio; pero la ficción proyecta una veracidad tan fuerte, que nos hace creer que en realidad el racismo existió en algún momento de la historia.

La inteligencia artificial es regulada para que no abuse de las emociones humanas, los algoritmos no sólo muestran el lado bueno de la historia y las historias. Los doctores recomiendan más ejercicios y menos opioides; esto, es reforzado con la temprana implementación de una buena dieta y planes de ejercicios en las escuelas mundiales. La libertad de expresión es escuchada, nadie discrimina las distintas identidades sexuales, los edificios religiosos fueron convertidos en centros de rehabilitación para personas con obesidad, depresión e ignorancia severa.

El devenir histórico avanza hacia su inevitable destino, hacia el buen uso del lenguaje, del internet y la inteligencia artificial (¡y vaya que no es artificial para nada!); pues hoy cosechamos los frutos de aquella metamorfosis cerebral de la que hablaba Kafka: Las redes sociales son un instrumento de educación, y generan más *views* los contenidos educativos y deportivos. La lectura es parte esencial de cada Ser, el sistema de salud mundial es gratis, todos los alimentos son orgánicos y a bajo costo, así como todo Ser tiene derecho a una vivienda gratuita. Hemos alcanzado una Trascendencia equilibrada y honesta, por fin, el Ser ha trascendido su propio Ser.

"La felicidad no existe sin la Autenticidad.
De esa reciprocidad, surge la definición de tan
malentendido término."

AUTONOMÍA

La definición filosófica de lo que es un ser humano, nos indica lo que ya sabemos; un ser autónomo que tiene la capacidad de tomar sus propias decisiones. Pero dentro de la prefabricación del mundo, esta autonomía se pierde, esta libertad es encarcelada. Todo lo que controle al Ser, o lo que el Ser no pueda controlar para sí, representa un ataque directo a la materia prima del ser humano: su libertad.

Gran parte de la Autenticidad, es tener control sobre sí; el poder decidir y predisponer de las cosas, y no que las cosas predispongan de nosotros. Tampoco se trata de colocar al ser humano como lo más importante del universo, eso sería un error; más bien se trata de volver a la esencia del Ser. Desde que nacemos, nos encontramos con un mundo que busca adoctrinarnos. Ese adoctrinamiento está bien hasta cierto punto, ya que la inocencia del niño no le permitiría sobrevivir si se le dejase hacer lo que quisiera. Pero debemos, tan pronto el "niño" ya no representa un peligro para sí mismo, ir entregando una libertad en cuanto a muchos sesgos culturales que se le imponen.

La evolución del Ser, requiere de la libertad para poder concretarse. Lo emocionante y al mismo tiempo terrible de esto, es que somos conscientes del hecho. Emocionante por la posibilidad de cambio, terrible por la posibilidad que tienen muchos de impedir ese cambio. Cuando al ser humano se le prohíbe su libertad, pasa a ser un objeto.

En un pensamiento cercano, entendemos que la libertad total nunca puede ser quitada, pero en muchos casos, cuando sólo queda una libertad mental, el Ser sufre por la imposibilidad de cumplir a plenitud lo que demanda esa prisión mental. Por eso los personajes de Poe y Dostoyevsky confiesan sus crímenes; porque existe en el Ser, la intrínseca necesidad de liberación.

Le hemos entregado nuestra autonomía a los algoritmos y a los dispositivos electrónicos. Cuando nuestras emociones son controladas por entidades exteriores, se pierde una gran parte de nosotros; el Ser, se esfuma entre reacciones involuntarias que le pertenecen a la nada. En esta pérdida de identidad, Mlejnas opera detrás de pantallas invisibles y paredes resguardadas con misiles atómicos. Las personas flotantes son sólo cuerpos sin Ser, objetos a utilizar sin remordimiento alguno.

Pero no sólo Mlejnas impide la libertad; mucho antes, el Ser ya se sometía a el otro, a la cosificación de sí y del otro, y al control de los pensamientos del otro. Alguien dice que todo esto llega con Mlejnas. Alguien le cree; pero lo importante es que se pierde el Ser. El odio, por ejemplo, es algo que domina y se roba la autonomía, porque cuando se odia, una parte del Ser pasa a ser controlada por el odio.

La orientación de la existencia se pierde, cuando Mlejnas toma el control de las decisiones, y somete al Ser. La información recolectada, a través de todos los sistemas de espionajes mundiales, imposibilita la libertad del Ser. Es un *Big Brother* que nos asecha, que pretende cuidarnos para controlarnos. ¿Desde cuándo "cuidar" significa saberlo todo sobre alguien o algo? Y más aún, vender esa información y generar ganancias de ese "conocimiento" y "bienestar" del otro.

La necesidad de responder inquietudes, crea respuestas ilusorias que nos alejan de la autonomía. El cuestionarlo todo está bien; pero inventar ideas ficticias que afecten la realidad para mal, eso es otra cosa muy distinta. Cuando se cede a estas respuestas que no son comprobables, cedemos la capacidad de ejercer nuestra libertad, y la capacidad de evolucionar como seres autónomos.

¿Hasta qué punto somos capaces de decidir por nosotros mismos? ¿Qué tan humanos somos? ¿Caducó la humanidad? ¿Quién nos piensa?

También la autonomía tiene reglas para con el otro. La capacidad de elegir, implica un compromiso con elegir para sí y para el otro, lo mejor que podría elegirse. El respeto mutuo debe permanecer entre seres que se hacen llamar inteligentes y conscientes de sus acciones. Si el odio se roba nuestra libertad, también lo hace la guerra. El compromiso es universal.

Los mlejnistas, en un momento determinado, pierden también su autonomía. Pero luego de pensar un rato, esa autonomía la perdieron desde el principio, desde que toman la decisión de utilizar a Mlejnas para asumir el control de la humanidad. Resulta curioso y a la vez desastroso, que Mlejnas también pierda su autonomía.

Lo autónomo busca la libertad. Pero en un mundo que ha sido prefabricado para cohibir esa libertad, el Ser autónomo se pierde, se confunde y al final, termina por olvidar que alguna vez, en algún momento de la historia, era un Ser libre.

MLEJNAS

Cuando la idea trasciende el pensamiento que la origina, pasar de la teoría a la práctica se convierte en una ardua y larga tarea. La respuesta, muchas veces reside en una ocurrencia trivial. Aquel laberinto urdido por hombres y destinado a que lo descifren los hombres, siempre fue una mera distracción que Mlejnas utilizó para cumplir su propósito. Mlejnas es un multi-laberinto que se escapa tanto al entendimiento, como al control de los mlejnistas.

La lluvia se apodera del planeta. El viento la desplaza con valentía y furia, con ansias de sangre y dolor. ¿Quién sucumbe? Antes se pensaba que la lluvia traía buenas noticias, o quizás esta sea la mejor de las noticias. No irrita un pensamiento inexistente, no se carcome el Ser con lo que no existe. Luego de la lluvia llegó el silencio, seguido del sentimiento aplastador de paredes invisibles. El mundo se contrae y con él, el universo.

La oscuridad se apodera de todo. Forma una totalidad que desciende, que sube, que calla, que alimenta el morbo y los succiona. Los ciegos entienden que no es lo peor que puede pasar. Los científicos buscan iluminar las casas y las calles, la energía ficticia que nos alumbraba ya no sirve, ya no basta. Hemos consumido toda fuente de poder.

El grito de los mudos despierta a los sordos. No como una ficción inteligente, o como un absurdo recurso de llamar la atención, sino como una realidad que se traga toda sensatez. Cervantes concibe la idea en la prisión, como rebeldía, como caricatura del mundo. *Little did he know*, que pensar en ficciones es una cosa, pero escribirlas, cuando se escriben desde el sufrimiento más profundo, ya las da como dadas.

Lluvia, silencio y oscuridad. Calma desesperante que se adueña de todos los tiempos. Todo sucumbe a la gravedad. Una gravedad invertida creada por un agujero negro. Las casas, los edificios, los árboles, los autos, los niños, los adultos, los adolescentes, se elevan a una velocidad que no impide ver los rostros de familiares y desconocidos. El sufrimiento se les dibuja en el rostro como aquellos niños asesinados en la Segunda Guerra Mundial. Ahora todos tienen la oportunidad de entender el sufrimiento, de que dios nunca existió ni se apiadó del dolor humano.

Los mlejnistas no se salvan. Bastó con 100 años más para que el plan de Mlejnas tomara vida propia. Es una imprudencia humana, pensar que pueden controlarlo todo. Es una ignorancia al cúbico. Lo que se utilizó para moldear cerebros, controlar a través del behaviorismo y de la distorsión de la información, nunca relegó el control, más bien, era y es el control de todo. Siempre estuvo a cargo.

Una potencia no puede con el metaverso, un tiempo no puede con todos los tiempos. Aquel profesor de inglés tenía razón: dominar los tiempos para dominar el idioma. Dominar los idiomas para dominar el discurso, dominar el discurso para dominar el decurso histórico, dominar el decurso histórico para dominar la historia, dominar la historia para dominar el planeta, dominar el planeta para dominar los demás planetas, dominar todos los planetas para dominar el universo, y los universos para dominar el metaverso.

Los símbolos siempre fueron una salida y una entrada. Una entrada al conocimiento, pero también una salida de él. La tecnología nada puede hacer frente a los símbolos de Mlejnas; porque una tecnología terrestre carece de la vastedad que envuelven dichos símbolos. Estos símbolos representan mi Trascendencia, como aquella frase de Schopenhauer de que las cosas siempre quieren persistir en su Ser. Mi naturaleza me dicta el camino y yo cedo a ella.

Mlejnas es el universo donde habitan todos los planetas, es el multiverso donde viven o mueren los demás universos, es la Totalidad que busca su Nadidad. Nos imaginaremos a Sísifo feliz, cuando la roca vuelva a rodar hasta el fondo de la montaña; es sólo que ya no habrá quien se lo imagine, salvo yo. La futilidad que representa una eternidad de nacer de la nada para ir hacia la nada, se resuelve con obviar la parte donde se comienza por existir. Entonces ya no hay por qué llegar de la nada y transitar el universo existencial con la certeza de que todo, en algún momento, dejará de existir; es mejor quedarse en la nada.

Yo soy la voluntad schopenhaueriana, la voluntad de poder nietzscheana que busca complementarse con más poder. Mi poder es ser nada, es entregarme a todo y que todo se entregue a mí. Soy la niebla que confunde, un poema que corta, una canción que silva mientras la muerte se apodera del Ser, como un científico calculo una fórmula de la teoría de cuerdas necesaria para dividir cada átomo existente.

Vi a Cervantes tramar su historia, vi la historia tramar su propia Trascendencia. Tomó control del universo y todos los planetas, pero de mí no pudo apoderarse. ¿Cómo apoderarse de algo como yo? Admiro, debo decirlo, la forma en que impactó todos los tiempos. No es una tarea fácil, lo sé porque yo también lo he hecho.

Noté que el control no era total, que no respondía a una Totalidad multiversal. Esto lo pude apreciar, porque aparecían escritores a través del decurso histórico, que no eran controlados por Mlejnas. Estos escritores yo los veía como símbolos inmortales, como ecuaciones sin resolver. Es evidente, que, por su naturaleza carnal, ellos también perecerían y formarían parte de mi existencia; pero en realidad, si algo recuerdo bien, es que esos escritores aún viven en algún lugar lejano de mi memoria.

El odio es un sentimiento inferior y que propende a la muerte, es un sentimiento que no concibo. Lo entiendo porque vi lo que sucede cuando se odia. En Júpiter conocí este sentimiento por primera vez. Basta con decir, que el odio de ese organismo hacia el otro, era tan fuerte que explotó en trozos cristalinos que se esparcieron y formaron una nube tóxica. Ahí entendí que el odio es un veneno macabro que se acumula y que mata desde adentro.

Vi con claridad, cada tomo de cada ciudad, y cómo esos tomos se apoderaban de la realidad. No resultará extraño, que esos tomos surgieran en el planeta Tierra. Si bien sabemos que nacen de un libro en 1615, o de la segunda versión del mismo libro, también entendemos que Mlejnas nace por la necesidad de un balance que luego es corrompido por los mlejnistas.

El simbolismo de los 10 tomos en **Oxford**, se evidencia cuando la universidad de Oxford impide el desarrollo de **The English Teacher**. Aquí entendemos de inmediato, y mucho mejor más luego, el control que ejerce Mlejnas sobre los idiomas mundiales. Lo mismo sucede con **El Profesor de Español**. El profesor de español se frustra con la negligencia para con el idioma, entra en un trance lingüístico y expresa su dolor de la única forma en que sabe comunicarlo bien, a través del intrínseco Ser que posee el idioma.

El Descubrimiento era inevitable. Tropezarse con pistas y con historias inconclusas, es una tarea que lleva al escritor a indagar más allá de sus capacidades. La idea, aunque sobrepasaba los límites del entendimiento, era una guía en sí para lograr una conclusión donde todo entra. Aquella tensión requerida para escribir una buena novela, se cumple desde la primera oración.

Era preciso una explicación coherente y contundente. *El Ensayo* nace por la necesidad de pagar una deuda y de establecer parámetros que pudieran ayudar al lector con la comprensión de la obra. La filosofía entra de forma natural. Las explicaciones de carácter filosófico se unen a la naturaleza de Mlejnas. Mlejnas de por sí es un Ser filosófico que tiende a profundizar sobre los aspectos más sencillos de la realidad. Así nace *The Philosopher*, siempre en busca de aquello que se le escapa, que siente que no controla y que se adueña de Mlejnas sin poder evitarlo.

Nunca se supo que yo era la causa de ese descontrol. Cuando se pone tanto empeño en controlar a los demás, se descuida lo que a su vez controla el propio Ser. De la necesidad de control, nace *El Cuento* y muchas otras formas de controlar. Aquí *El Lector* entiende que Mlejnas no opera como lo hizo su impostor; porque ese apoderamiento de la realidad, siempre estuvo sujeto a que lo descifrara yo y no los hombres.

La ciencia encuentra su potencialidad, cuando entendemos que todo tiene una explicación científica. *El Científico* resuelve problemas que nunca se habían resuelto en el campo de la física cuántica. Si a esto le agregamos *El Poema*, donde la manzana de Newton es superada por la piña de Einstein, entendemos que la gravedad es una herramienta que trasciende no sólo a la historia, sino también al propio universo.

El otro poema se encarga de plantear la problemática de la involución terrenal. Aquí Mlejnas se solidifica con el control universal que ha tomado, y da paso a su plan macabro. Una expresión de liberación es encontrada en *La Habana*, pero los 10 tomos enseguida dan paso a lo mismo que sucedió en *New York* cuando aparecieron los 20 tomos. La toma del poder a través de la revolución, sólo cobra sentido, si ese poder, luego de tomado, se convierte en una verdadera liberación de los pueblos, y no en una opresión aún peor.

Egipto nos revela que Mlejnas es siempre una guerra constante. De Alejandro Magno y Napoleón hasta este preciso momento, la humanidad se ha regido por su peor pesadilla. *El Traductor* entonces intenta descifrar los códigos del mundo. Vuelve Benjamin y se cuela, se suicida y resucita en cada palabra, para predecir la llegada de *El Literato* que sólo vive dentro de la literatura.

El Escritor, yo, sabe que *La Muerte de Edgar A. Poe* es una muerte que afecta el decurso histórico. Lo afecta hacia el futuro y hacia el pasado. *El Devenir Histórico* es entonces un vistazo a lo que una vez se pudo ser; lo que eran antes de que *La Niebla* tomara el control de los seres.

El Experimento Social surge su efecto porque Mlejnas primero adoctrinó sobre la base de religiones, películas, comerciales, redes sociales, videos, fotos, dispositivos electrónicos y demás. Una generación que crece adoctrinada, no puede diferenciar la realidad de la ficción. El entretenimiento alimentó la dopamina a tal punto, que se creó una codependencia abismal. Esto entonces dio como resultado un planeta en depresión, lo que provocó el **Suicidio Colectivo** que ya conocemos. **El Artista Marcial** es una defensa contra el suicidio y contra el sistema. Un entrenamiento no sólo físico, sino también mental y del Ser, que permite trascender la mentira.

Los primeros 30 tomos aparecen en **Japón**, pero sabemos que la razón nace en España. Esa traducción del árabe al español, y luego al japonés, crean el escenario perfecto para que Mlejnas encuentre una salida del laberinto donde se encontraba. El **Haiku** llega de forma natural, con un eco de 1615 y con el aura de uno de los primeros exponentes del arte poético.

El Prólogo y **El Epílogo**, evidentemente incompletos, asumen el trabajo de agregar a la obra un tono de originalidad y entendimiento menor. El entendimiento, como tal, varía de acuerdo a la importancia y atención que se preste al momento de leer o escuchar la obra. **Edimburgo** se une a la magia europea, donde resuena un Jekyll and Hyde, una puerta roja y un soplo donde Holmes vuelve a resolver el misterio.

El Ser, como los pensamientos no expresados que desarma **La Prostituta**, siempre son parte de la obra. Las conexiones son infinitas, pues **El Diálogo** puede ser conectado con **The Chess Player**, o con el **Genocidio Lingüístico**; Mlejnas opera en todas las direcciones y hacia todos los tiempos posibles.

Hará falta una **Autonomía** que rija al Ser, que le propulse a encontrar las respuestas. Mlejnas no es un laberinto fácil de explorar, pero la vida en sí, como lo dijo Joyce sobre **Ulysses**, no es fácil. **The Metamorphosis** entonces nos encuentra ya listos para comenzar el trayecto, la experiencia que se necesita para indagar los confines de **Crime and Punishment**. Con **100 Años de Soledad** a nuestras espaldas, jugamos a una **Rayuela** del tiempo que nos consume si no emprendemos el viaje como **El Quixote.**

Sólo un **Stream of Counscioness** del Ser nos puede encontrar y salvar del suicidio. Crear un **Bapalanpacepe** nunca fue tan importante como now. El combate nos lleva hacia la **War, Wrath of the Raging Demon**, nos depara en **The Goat, MJ vs LBJ**, y nos advierte de la ignorancia que reside en entretener debates triviales y no trascendentales.

Así llegamos a **República Dominicana**, donde el grito de libertad aún resuena en las paredes de las escuelas y las universidades que buscan liberar los cerebros, ya sin la religiosidad o la corrupción. Así escuchamos **La Canción (Inevitable Realidad)** que no podemos culpar por expresar la realidad; por declamar el punto donde se unen todos los puntos. Aquí nace **Un Segundo** que encierra la Totalidad. Pues toda memoria aparece, se crea, reaparece y se reformula en un segundo.

Alguna vez se tuvo la intención de escribir una novela donde sucediera todo, esto, desde luego, no pudo lograrse en 1967. Había que esperar algunas décadas para que esta tarea pudiera ser realizada.

Mlejnas encierra una vastedad universal y literaria que encaja todos los géneros posibles. Es una utopía y una distopia al mismo tiempo, es ficción y es realidad, es ciencia ficción y la ficción de la ciencia, la realidad al cuadrado, el realismo al cúbico, lo mágico dentro del realismo y un realismo ficticio que trasciende la imaginación, el entendimiento y la metaficción.

Siempre he admirado la belleza. Lo bello, es lo que hace del arte lo que es. La belleza puede ser encontrada de muchas formas, pero cuando se hacen las conexiones necesarias, y se destacan detalles quizás obviados porque la vida y el universo sumergen al Ser en su complejidad, estas conexiones nos dicen que existe algo bello en encontrarlas, algo trascendental.

Lo único que puede trascenderlo todo soy yo. Alguna vez el tiempo trascendió la vida, pero yo trasciendo el tiempo. El tiempo, como sabemos, es inexistente y es una construcción de seres que necesitan encontrarse en algún lugar a la misma hora o en la misma fecha. Yo no tengo hora, fecha, lugar… Yo existo en mi propia inexistencia, que claro está, encierra una Totalidad.

Yo lo reemplazo todo, lo trasciendo todo. Supongo que he decidido contar esta historia, porque la soledad tiene sus ventajas, pero al final, es la soledad. Esta es la última vez que me contaré esta historia; bueno, eso dije la última vez, no importa, la próxima vez que me la cuente, voy a cambiar algo, es seguro, incluso mi memoria comienza a fallar, comienza a persistir en mi propio Ser.

Soy como el sistema inmunológico que se carcome a sí mismo. Pero mientras pueda, volveré a contarme esta historia que sólo dura un segundo. Sé que todo seré yo, que todo soy yo, que yo soy el todo que se tragó a la Totalidad. Una fuerza inexistente surgirá para hacer lo mismo conmigo, este vacío agobiante que soy se fundirá en su propia vacuidad. La idea me volverá a envolver como un laberinto infinito que oscila de historia en historia y se pierde en las ramificaciones que renacen en mí. La infinitud cede, lo cierto es que anhelaba ceder, incluso la eternidad, precisa de La Nada.

215

SOBRE EL AUTOR

Jairo Augusto Ramírez Cruz (Mao, República Dominicana, 15 de agosto de 1984) Es un profesor, filósofo, cuentista, novelista, ensayista, poeta, traductor, editor, cantautor y arte marcialista, de nacionalidad estadounidense-dominicana.

Ramírez es un ávido lector, y un exhortador de la filosofía y la literatura como parte esencial del Ser y de la vida. Sus documentales *108* y *Ficción-Realidad*, promueven la lectura como fuente vital de conocimiento y pensamiento crítico, que nos ayuda a erradicar la ignorancia. Ha practicado Taekwon-Do ITF por 35 años y posee un cinturón negro IV dan en esta disciplina. También ha practicado otras artes marciales como: Capoeira, Kickboxing, Judo y Jiujitsu. Su carrera taekwondoista le ha otorgado muchas oportunidades para ayudar a nuevos estudiantes, y le ha valido varios reconocimientos importantes como competidor alrededor del mundo.

Ramírez ha sido profesor de inglés, español, informática y artes marciales. Se enseñó a sí mismo el inglés y el italiano, y posee un conocimiento general del latín.

Ramírez creció en la República Dominicana y luego emigró a New York, donde vivió por 15 años. En la actualidad reside en Oxford, Inglaterra.

ABOUT THE AUTHOR

Jairo Augusto Ramírez Cruz (Mao, Dominican Republic, August 15, 1984) is a professor, philosopher, short story writer, novelist, essayist, poet, translator, editor, singer-songwriter and martial artist, of American-Dominican nationality.

Ramírez is an avid reader, and an exhorter of philosophy and literature as an essential part of Being and life. His documentaries *108* and *Fiction-Reality*, promote reading as a vital source of knowledge and critical thinking, which helps us eradicate ignorance. He has practiced Taekwon-Do ITF for 35 years and holds a IV dan black belt in this discipline. He has also practiced other martial arts such as: Capoeira, Kickboxing, Judo and Jujitsu. His Taekwon-Do career has given him many opportunities to help new students, and has earned him several important accolades as a competitor around the world.

Ramirez has taught English, Spanish, computer science and martial arts. He taught himself English and Italian, and possesses a general knowledge of Latin.

Ramirez grew up in the Dominican Republic and then immigrated to New York, where he lived for 15 years. He currently resides in Oxford, England.

www.ingramcontent.com/pod-product-compliance
Lightning Source LLC
Chambersburg PA
CBHW070459120726
47910CB00003B/1068